光文社文庫

妖《よう》雲《うん》群《ぐん》行《こう》

アルスラーン戦記⑩

田中芳《よし》樹《き》

光 文 社

目次

第一章　怪物たちの夏　7
第二章　峠にて　55
第三章　ミスルの熱風　99
第四章　谷にせまる影　147
第五章　妖雲群行　197

解説　木下昌輝《きのしたまさき》　244

主要登場人物

アルスラーン……パルス王国の若き国王《シャーオ》
アンドラゴラス三世……先代のパルス国王。故人
タハミーネ……アンドラゴラス三世の王妃
ダリューン……パルスの武将。異称「戦士のなかの戦士《マルダーンフ・マルダーン》」
ナルサス……パルスの宮廷画家にして軍師。元ダイラム領主
ギーヴ……あるときはパルスの廷臣、あるときは旅の楽士
ファランギース……パルスの女神官《カーヒーナ》にして巡検使《アムル》
エラム……アルスラーンの近臣
キシュワード……パルスの大将軍《エーラーン》。「双刀将軍《ターヒール》」の異称をもつ
告死天使《アズライール》……キシュワードの飼っている鷹《シャヒーン》
クバード……パルスの武将。片目の偉丈夫《いじょうふ》
イスファーン……パルスの武将。異称「狼に育てられた者《ファルハーディン》」
トゥース……パルスの武将。鉄鎖術の達人
ザラーヴァント……王都の警備隊長。強力《ごうりき》の持ち主

ジャスワント……シンドゥラ国出身のパルスの武将
アルフリード……ゾット族の族長の娘
メルレイン……アルフリードの兄
ヒルメス……パルス旧王家の最後の生き残り
ブルハーン……ヒルメスの新たな忠臣。トゥラーン人
ラヴァン……パルス人の商人。ミスルの国情に明るい
ムンズィル……パルス中部オクサス地方の領主。ザラーヴァントの父親
ナーマルド……ザラーヴァントの従弟《いとこ》
レイラ……ハッラール神殿に仕える女神官見習い。孤児
ラジェンドラ二世……シンドゥラ王国の国王《ラージャ》
カルハナ……チュルク王国の国王
ホサイン三世……ミスル王国の国王
ザッハーク……蛇王《へびおう》

第一章　怪物たちの夏

I

頭上で黒い濁流《だくりゅう》が渦《うず》まいている。

それは空をおおいつくす黒雲の群であった。かなりの速さで流れているのだが、あとからあとから湧きおこって絶えることがない。時刻は正午ごろのはずだが、日没直後のように暗かった。ときおり黒雲が薄くなると、空に太陽が姿を見せる。だが燦々《さんさん》とかがやくことはなく、古い銀貨のように白っぽい光を弱々しくちらつかせるだけで、地上は薄暮《はくぼ》ていどの明るさでしかない。

パルス暦三二五年六月。本来なら暑熱《しょねつ》の季節で、目のくらむほどの陽光が人と大地を灼《や》きこがしているはずである。だが、東方国境の近く、ペシャワール城塞《じょうさい》まで二ファルサング（一ファルサングは約五キロ）の土地で、大気は早春《そうしゅん》の冷たさであった。

暗色の大地を蹴《け》る馬蹄《ばてい》のとどろきが、荒野の冷気を引き裂いた。一群の騎馬が、東へ、ペシャワール城塞の方角へと疾駆《しっく》している。そのなかに一本の黒い旗がひるがえっていた。

「ゾットの黒旗」

かつて荒野の剽盗《ひょうとう》として恐れられていたゾット族は、解放王アルスラーンの盟友として遇され、さまざまな形で国事に参加するようになっている。人に知られぬよう秘密に活動するときもあれば、誇り高く黒旗をかかげてはたらく場合もある。

この日は黒旗をかかげての行動であった。

人数はそれほど多くない。三十騎ほどである。先頭に馬を駆るのは二十代前半の若者で、頭に巻いた布に大きな土耳古石《ピールーゼ》を飾っている。左手だけで手綱《たづな》をあやつり、右手に弓を持って、いつでも矢を放とうというかまえだ。

「来ますぞ、メルレイン卿《きょう》！」

緊張をはらんだ部下の声を背に受けて、若者は頭上に視線を投げあげた。

雲の一部が奇怪な形にちぎれ、ゾット族の隊列めがけて舞いおりてくる。と見えたのは、翼を持つ生物の姿であった。全体として人とおなじほどの大きさだが、顔と四肢《しし》は猿《さる》に似ており、大きな翼には羽毛がない。毒々しいほど赤い口を全開させて、脅《おど》すような叫びを発した。ゾット族のひとりがうめいた。

「死んだ祖父《じい》さまから話を聞いたことがある。あれは有翼猿鬼《アフラ・ヴィラーダ》だ。地底の熔岩《ようがん》の城に棲《す》み、蛇王《へびおう》ザッハークにつかえて、人の世が乱れるのを待ち受けているというぞ」

蛇王ザッハーク。その名は兇々《まがまが》しいひびきをともない、目に見えぬ毒矢となって、ゾット族の戦士たちの耳をつらぬいた。メルレイン卿と呼ばれた若者は、不快そうに空中の怪物を見つめた。

「ふん、蛇王の眷族《けんぞく》か。であれば遠慮は無用だな」

左手の手綱を放し、矢筒《やづつ》から一本を引きぬいて弓につがえる。その間、馬の速度はまったく落ちず、馬上の姿もぐらつくことがない。ゾット族の戦士ならあたりまえのことで、いちいち賞賛するまでもない。

空中で旋回していた有翼猿鬼《アフラ・ヴィラーダ》が、動きを急変させた。メルレインをめがけ、一直線に突っこんで来る。鉤爪《かぎづめ》のついた手を振りあげた瞬間、メルレインの射放した矢がうなりを生《しょう》じて有翼猿鬼《アフラ・ヴィラーダ》の腹に突き立った。

怪物はひときわ大きく奇怪な絶叫を放った。空中で体勢をくずし、失速する。膜のような翼が激しく空《くう》をたたくと、よろめきつつその身体《からだ》は浮揚《ふよう》し、なお殺戮《さつりく》の意志に動かされてメルレインに接近してきた。

ゾット族の男がふたり、馬を躍らせ、左右から同時に怪物めがけて剣をふるった。鉤爪のついた右腕が半ば切断され、顔から赤黒い血が噴流となって地表へ奔《はし》る。たてつづけに三か所、重傷を負うと、さすがに怪物もこらえきれなかった。万物を呪詛《じゅそ》するかのような悲鳴を残し、急角度で地面に突っこむ。鈍い音がして、頭から大地にたたきつけられると、四肢はまったく動かなくなった。それでもなお、羽毛のない暗褐色の翼だけが、ひきつるようにうごめきつづけている。

メルレインは馬を近づけて怪物の死を確認しようとしたが、ふと動きをとめた。遠方で湧きおこった馬蹄の音を聞きつけたのだ。

ゾット族の戦士のひとりが馬首をめぐらせ、五十歩ほど走って鞍上《あんじょう》に伸びあがった。暗い大地に、白っぽい土煙があがって急速に接近してくる。戦士は目をこらし、安心したような口調で仲間に報告した。

「ペシャワール城塞からの部隊が来てくれたようでござる。先頭にクバード卿のお姿が」

その声が終わっていくばくもたたぬうちに、葦毛《あしげ》の馬がメルレインの眼前に躍り立った。馬上には甲冑《かっちゅう》をまとった偉丈夫がいる。右の肩にかつぐように、大剣を抜き持った隻眼《せきがん》の男だ。歴戦《れきせん》の威風《いふう》もゆたかに、ゾット族もおそれいるほど自然に馬をあやつっている。ひきいる兵は五十騎ほどであった。メルレインを見ると、隻眼の男すなわちクバードはおおらかな親しみをこめて呼びかけた。

「おう、ゾット族の族長どのか。ひさしぶりだが、変わりはないか」

「族長ではない、族長代理だ」

そっけない口調、不満げな表情。メルレインを知らぬ者が見聞《けんぶん》すれば、「こいつ、よほど自分の立場に不満で、族長の地位をねらって陰謀をめぐらしているな」と思いこむにちがいない。

ところが、そうではない。当人は単純明快に、相手の誤解を訂《ただ》しているだけなのだ。

「なるほど、変わりないようだ」

気を悪くしたようすもなく、クバードは愉《たの》しそうに笑った。クバードの勇名に敬意をはらうゾット族の男たちが、恐縮したように頭をさげる。ゾット族はとくに愛敬《あいきょう》を美徳とする人々ではないが、メルレインの愛敬のなさには、部下たちのほうがはらはらするのだ。

「では、族長代理どの、王都より軍隊が来るとのことで出迎えたのだが、これで全員そろっているのか」

「このあと、万騎長《マルズバーン》トゥース卿も来る予定になっている」

「ほう、トゥースも来るか。王都では何やら考えているらしいな」

以前とことなり、「万騎長」というのは名誉ある武人の称号であって、実際に一万騎を指揮統率するわけではない。アルスラーン王の治世《ちせい》になってから、パルス軍の古来の伝統もすこしずつ変わってきた。

「だが、トゥースより早く、ろくでもない客がやって来たようだぞ」

クバードの隻眼が空に向けられる。おりから黒雲が薄れて、太陽が白濁《はくだく》した円形の姿をあらわした。その太陽を背に、黒い飛行物体の群が地上へと舞いおりて来る。十四以上いるであろう。はばたきの音に叫喚《きょうかん》の声がまじり、髪の毛がさかだつほどの不気味さであった。

「つい先月、王都エクバターナにも有翼猿鬼《アフラ・ヴィラーダ》が出現し、王宮をさわがせたと聞きおよぶ」

「ふむ、王都で流行したものは、いずれ辺境でもはやるものと見える」

落ち着きはらって軽口をたたくクバードであったが、語調に微妙な変化が生じた。

「全員、かたまって円陣をつくれ。やつらが上と前方からしか攻撃できんようにな」

「聞いたか？」

メルレインの言葉は質問であり、命令であった。ゾット族の男たちはうなずいて、それぞれ二度、乗馬の向きを変えた。たちまち半円の陣形ができあがる。わずかに遅れて、クバードの部下たちも半円陣をつくりあげ、両者が一体となって直径四十ガズ（一ガズは約一メートル）ほどの円陣が完成した。円陣の中心部にクバードとメルレインがいる。周囲にいる兵士たちの背後は、このふたりが大剣と弓矢で守ることになる。

「メルレイン卿、王都に出現したやつらも、このような群だったのか」

「くわしくは知らぬが、せいぜい一、二匹だったようだ」

「まだまだ他にもいるとすると、どこから湧いて出てくるのやら」

「じつはそのことで……」

メルレインがいいかけたとき、いくつかのことが同時におこった。

鼓膜《こまく》をつんざく叫喚とともに、有翼猿鬼《アフラ・ヴイラーダ》の群が急降下し、おそいかかってくる。地上では数十の弓が弦《つる》を鳴りひびかせ、矢風が巻きおこった。有翼猿鬼《アフラ・ヴイラーダ》の鉤爪と人間の槍《やり》とがひらめいて激突する。悲鳴をあげて馬がさお立ち、鞍上から人間が転落していく。

しばらくの間、人間と怪物と、どちらが優勢かわからなかったが、メルレインが気づいたとき、圧倒的に多い馬蹄のひびきが、すぐ近くに迫っていた。

まさにクバードの横あいから鉤爪をたたきこもうとした有翼猿鬼《アフラ・ヴイラーダ》の一匹が、空中で急停止した。その頸《くび》に、長い鉄鎖《てっさ》が巻きついている。ナバタイ国から渡来した鉄鎖術の妙技を、怪物に思い知らせたのは、「来る予定になっていた」トゥースであった。

ちらりとクバードに目礼《もくれい》すると、そのまま有翼猿鬼《アフラ・ヴイラーダ》を地に引きずりおろそうとする。トゥースの左右に、頭に布を巻いて武装した女戦士が三人ひかえているのを、クバードは発見した。ひきいる兵は全部で千騎というところか。

鉄鎖に引きずられた有翼猿鬼《アフラ・ヴイラーダ》は、悲鳴をあげることもできず、手足をくねらせて苦悶《くもん》する。

トゥースは容赦《ようしゃ》しなかった。鉄鎖は自分の腕にからませ、するどく上半身をひねると、怪物はこらえきれず、宙で二転三転して地上に墜落した。異様な音をたてて左の翼が折れる。だがその翼が衝撃を吸収したようで、頭や胴や四肢は無傷だった。

怪物は両眼に血光《けつこう》をたたえ、大きく口を開いた。太い針のような歯列《しれつ》をむき出しにすると、墜落の反動を利してはねあがり、トゥースの頸すじを噛《か》み裂こうとする。

寸前。三方から伸びた三本の槍が、怪物の胴をつらぬいていた。トゥースの左右にひかえていた三騎の女戦士が、油断なく怪物の動きにそなえていたのだ。

怪物は絶叫し、傷口から血をまき散らしつつ、ふたたび地に墜《お》ちた。一度だけ右の翼が上下し、それきり動かなくなる。

「やあ、これはこれは、トゥース卿はいつも必要なとき必要な場にいてくれる」

いいながら、クバードは、トゥースの左右に馬を立てる三人のうら若い女戦士に、好奇の視線を向けた。

三人とも美しい。ただ、目鼻立ちだけでいうなら、このていどの美女はいくらでもいるだろう。三人の美しさは、みずみずしい生気が体内からあふれ出し、外面をかがやかせているからであるようだった。

クバードは彼女たちに対しておおいに興味を持った。「ギーヴ卿は美女好き、クバード卿は女好き」といわれる彼にとっては当然のことだ。

「トゥース卿、これらの美しい勇者たちは、おぬしの護衛役というところかな」

「私の妻たちでござる」

「ほう、トゥース卿はご結婚なさったのか」

うなずいたクバードだったが、一瞬の間をおいて、まじまじとトゥースを見やりながら確認せずにいられなかった。

「妻たち……!?」

クバードの表情を見返して、トゥースは冷静に、淡々と答えた。

「はあ、さようで。三人とも私の妻ということになります。じつは……」

トゥースの声を、怪物たちの叫びが打ち消した。有翼猿鬼《アフラ・ヴィラーダ》どもは、千騎をこす人間の軍隊と正面から戦うことを断念したようである。空中で旋回しながら、呪詛《じゅそ》と怨念《おんねん》と憎悪《ぞうお》の叫びを地上に振りまいていたが、十本ほどの矢が飛んで来ると、あわててそれを回避し、黒雲の下を逃げ出した。

人間たちはそれを追わなかった。だが怪物たちが何処《いずこ》の方角へ逃げ去ったかを、名だたる騎士たちはきちんと見とどけていた。

II

ペシャワール城塞の役目は、パルス王国の東方国境を守ることにあるのだが、おなじくらい重要な責任は、大陸公路の安全を確保することにある。西から東へ、東から西へと移動して交易をおこなう諸国の商人たちを保護するのだ。

交易商人たちは、十二、三歳のころから父親や雇《やと》い主《ぬし》につれられ、家族と別れて異国への旅に出る。砂漠をわたり、万年雪の山をこえ、狼《おおかみ》の群をかわし、ときには盗賊と戦いながら、荷物を守って、一年も二年も旅をつづけるのだ。なまなかな勇気や性根《しょうね》では、一人前の交易商人にはなれない。

だが、どれほど勇敢な交易商人たちでも、好きこのんで危険を冒《おか》すわけではない。盗賊におそわれたとき、商品や金銭どころか生命まで奪われてはたまらない。また、悪徳官吏《かんり》に賄賂《わいろ》を要求されたり、商売のじゃまをされたり、悪路《あくろ》で事故をおこしたりと、危難の種はつきない。そこで、各国の政府に税をおさめたり献金したりして、盗賊のとりしまりや道路の整備を要請するわけである。

旅の安全が確保されれば交易は盛《さか》んになり、商人たちの利益が増える。そうなれば、国庫におさめられる租税も増える。国家の信用を高め、税収も増えるのだから、パルスとしても他の国々としても、熱心に公路の安全をはかることになるのだ。

クバード、トゥース、メルレインの三将が兵をひきいて、赤い砂岩づくりの城にはいると、ペシャワールの城内にいた旅商人たちが盛大な歓声で迎えた。街道に奇怪な生物――つまり有翼猿鬼《アフラ・ヴィラーダ》が出没して旅人をおそっているという噂《うわさ》があったため、城にはいって、安全宣言が出るのを待っていたのである。人間だけでなく、馬も驢馬《ろば》も駱駝《らくだ》も広場に集まり、なかには三日以上も泊まりこんでいる者もいた。気の早い旅人は、さっそく天幕《テント》をたたんで出発の準備にかかる。

万騎長にしてペシャワール城守、大将軍格であるクバードが、馬上で手を振ると、おもだった交易隊の長《おさ》たちが進み出てきた。クバードに感謝の言葉をのべ、礼金をおさめてくれるよう申し出る。陽気にクバードは答えた。

「いやいや、民を守るのは軍隊の義務。礼など不要だが、どうしてもというなら兵士たちの酒代だけはいただくとしよう」

ふたたび歓声があがる。陰気な人物が密室でそうささやいたとしたら、「賄賂を要求した」といわれるにちがいない。だが、多数の商人たちに対してクバードが大声でそう告げると、非難する者は誰もいなかった。この隻眼《せきがん》の猛将は、たぐいまれな武勲《ぶくん》と、陽気で豪快な為人《ひととなり》によって、民衆に絶大な人気があった。けっこうやりたいほうだいの男なのだが、貧しい者や傷病者《しょうびょうしゃ》に対して心くばりが厚く、強い者の横暴を許さなかった。

部下の書記官に、負傷者の治療その他こまかい処理をまかせると、クバードは王都エクバターナから来訪した諸将を奥の部屋に招いた。パルスが解放されるまでは万騎長キシュワード卿が居室としていた部屋だ。かつて王太子時代にアルスラーン王が宿泊していた部屋は、いまでもそのままにしてある。いつかまたアルスラーン王によって使われることもあるかもしれない。

酒と料理を運ぶよう命じておいて、クバードは、床に敷かれた絨毯《じゅうたん》の上に一同をすわらせた。「さて、聞こうか」といったのは、むろんトゥースの結婚の事情である。

トゥースはあいかわらず淡々と語りはじめた。

トゥースには十歳ほど年長の戦友がいた。名をバニパールといい、トゥースほどの武勲はなかったが、千騎長くらいはつとまる勇敢な騎士であった。パルスが解放されると、恩賞《おんしょう》をもらって故郷に帰り、わが家で静養していたが、結局、傷は完治せず、長く床についたまま先月、死去した。恩賞の金銀も、医療費などで使いはたしてしまった。

遺品のなかに、トゥースがバニパールに送った書状があった。バニパールの帰郷《ききょう》に際し、彼の功績をたたえ、「こまったことがあったらいつでも連絡するように」と伝えたものである。

バニパールの未亡人はトゥースと面識《めんしき》がなかったが、自分も病弱で、三人の娘の将来が気にかかったので、トゥースに書状を送って援助を求めた。トゥースはすぐアルスラーン王の許可をもらい、金貨《デーナール》をたずさえてバニパールの故郷へと駆けつけた。

ここで、パルスの説話に有名な、「トゥース卿の花嫁選び」のお話になる。

トゥースが信頼できる人物で、まだ独身であることを知ると、バニパールの未亡人は、三人の娘の将来をこの高名な騎士に託《たく》そうと思った。そこで三人の娘に美しい衣裳を着せ、料理をつくらせ、三絃琵琶《ラバーブ》を演奏させてトゥースをもてなした。三人の娘がトゥースに好意をいだいたこと、トゥースのほうでも彼女たちを好ましく思っていることを確認すると、未亡人はトゥースに、三人のうちひとりを選んで妻にするよう頼みこんだ。

トゥースは困惑した。もっとも、困惑したとしてもそう見えないのが、トゥースという人物である。三人の娘が容姿《ようし》でも才芸《さいげい》でも優劣《ゆうれつ》をつけにくいことを指摘し、とてもひとりを選ぶことはできない、と答えた。

するとバニパールの未亡人は、奇妙なことを考えついた。誰かに入れ知恵されたのかもしれない。彼女は、長女に赤い硝子玉《ガラスだま》、次女に青い硝子玉、三女に黄色い硝子玉を持ってくるよう命じ、それを壺《つぼ》にいれさせた。そしてトゥースに、壺に手を突っこんで、どれかひとつの硝子玉をつかむよう、うながした。トゥースがつかんだ玉の色で、花嫁を決めようというのだ。

トゥースは拒《こば》むことができず、壺に手を突っこんだ。手を壺から出し、掌《てのひら》を開いてみると、何と玉の色は黒かった。二度、三度とくりかえしてみたが、おなじ結果に終わった。未亡人が狼狽《ろうばい》していると、トゥースは何やら考えこんでいたが、やがて宣言した。

「私には絵心《えごころ》はないが、アルスラーン陛下の宮廷画家どのよりうかがったことがある。赤、青、黄の三色をまぜあわせると、黒になる、と。三人のうちひとりだけは選べぬ。よろしければ三人とも妻として、生涯、たいせつにしたい」

三人の娘がいっせいに拍手し、歓声をあげたので、未亡人は、娘たちが何を仕組《しく》んだか知った。こうしてトゥースはいちどに三人の妻を得たのだ。これ以後、パルスでは、求婚する男に女が白や透明の硝子玉を与えると、それは拒絶の意思をしめすことになるようになった——と説話は伝える。

アルスラーンとともに苦闘難戦《くとうなんせん》してパルスをルシタニア軍から解放した武将たちのうち、トゥースは年長のほうであった。毒舌家《どくぜつか》ぞろいの一党のなかで、めずらしく口数がすくなく、いつも沈着《ちんちゃく》で慎重で、アルスラーンや軍師ナルサスの指示にそむくことはけっしてなく、着実に任務をはたしてきた。武将としても人間としても、アルスラーンに深く信頼され、人々に尊敬されてきたのである。

　そのトゥースが。女好きで知られるクバードにもギーヴにもできない「偉業」をはたしてのけたのだ。

　トゥースの妻となった三人の姉妹は、長女がパトナといって十八歳、次女がクーラといって十七歳、三女がユーリンといって十五歳になる。身長は長女と次女がほぼひとしく、三女がやや低い。姉妹だけに顔だちもやや似ているが、髪の色は年下になるほど明るくなる。パトナはいかにも長女らしく落ち着いて優《やさ》しげなかに芯《しん》は強そうだ。クーラはきびきびとして、鋭いほどの聡《さと》さが外にあらわれ、万事に積極的で行動力に富むようす。末っ子のユーリンは何かというと姉たちにたしなめられるのが悔《く》やしそうではあるが、のびやかそうな少女で、トゥースのそばから一歩も離れようとしない姿が、忠実な子犬を連想させる。

　クバードは何とも形容しがたい表情でトゥースの話を聞き終えたが、しばしの沈黙の後、広く厚い肩をすくめて論評した。

「要するに、おぬし、むっつりすけべ《ハーチム・マイマイ》だったのだな」

　クバードの論評は失礼である。面と向かって相手を「ハーチム・マイマイ《むっつりすけべ》」などと呼べば、決闘さわぎになってもしかたない。だが、トゥースは怒るでもなく、まじめくさって答えた。

「自分では気づかなかったが、他人にそう思われてもしかたないかもしれんなあ」

クバードは、もはや何もいわなかった。

トゥースがいちどに三人の妻を得て、それをアルスラーン王に報告したとき。若いながらも百戦練磨で物に動じぬといわれた国王《シャーオ》も、「それはめでたい」といったきりあとの言葉がつづかなかった。やがて、傍《そば》で沈黙している宮廷楽士ギーヴ卿《きょう》をかえりみて、アルスラーンは笑った。

「無欲の勝利というやつかな、ギーヴ」

……さて、ペシャワール城塞の奥の部屋で、「無欲の勝利者」は妻たちにいった。

「これから諸卿《しょきょう》と重大な話がある。そなたたちはそちらの部屋でくつろいで、薔薇水《ばらすい》でも飲ませてもらいなさい」

ハーチム・マイマイというより、やさしい父親という印象である。三女のユーリンが茶色っぽい大きな瞳をみはるような表情でトゥースに願い出た。

「おじゃまはいたしませんから、おそばにいてはいけませんか、トゥースさま」

「わがままを申しあげてはなりません、ユーリン、トゥースさまが騎士としての面目を失うようなことになったら、妻として恥辱《ちじょく》になりますよ」

いかにも長女らしい調子でパトナが妹をたしなめると、次女のクーラが闊達《かったつ》に笑った。

「そうそう、ユーリン、トゥースさまのおひざの上にすわりたかったら、いい子にして夜をお待ち」

子供あつかいされて憤然となったユーリンが、笑いながら逃げ出したクーラを追いかけて走り去る。

「おさわがせいたしました」と一礼して、パトナが妹たちの後を追う。あとに残された男どもは、それぞれの性格にあわせて苦笑した。

「にぎやかでけっこうなことだ」

クバードの声にトゥースが応じる。

「ま、毎日だいたいあんなものだ。退屈しないのでありがたい」

「そうか、おぬしが帰るときには、黒砂糖を驢馬《ろば》の背いっぱいに積んでやろう」

パルスでは新婚家庭に砂糖を贈る風習がある。砂糖は高価なものだが、同時に、「せいぜい甘い生活を送るように」という、新郎新婦に対するひやかしの意味もふくまれている。

「かたじけないが、それは兵士たちにわけてやってくれ」

「いまさら必要ないか。ではそうするとして、さて、そろそろ本題にはいろうか」

ひと息に麦酒《フカー》の大杯をほして、それを手にしたままクバードがトゥースを見すえる。

「両卿、王都よりお出ましのご用件は？」

「お伝えする。クバード卿の兵をもって、デマヴァント山を封鎖していただきたい」

「封鎖……？」

デマヴァントの山域は広い。魔の山とて、あえて近づく者はこれまでほとんどおらず、良民は街道からあおぎ見て英雄王カイ・ホスローの威名をとなえるだけである。わざわざ軍隊で封鎖する必要もなかったのだが、今回はどのような理由があってのことだろう。

「山道を登り口で封鎖するだけなら二、三千人で充分。だが山域全体を包囲する形をとれば、五万人は必要だ。そんな人数を割《さ》くような余裕が、わが軍にあるのか」

パルスは強兵の国だ。一時はルシタニア軍に侵略されたが、再建されて後は、ルシタニアを追い、シンドゥラをおさえ、トゥラーンを潰滅《かいめつ》させ、ミスルをしりぞけ、チュルクを翻弄《ほんろう》し、大陸公路に不敗の軍旗をひるがえしている。とはいえ、ルシタニアに侵略された際の人的な損失は巨大なもので、今日《こんにち》にいたっても、兵力があまっているわけではない。

「おれとしては、川向こうの陽気な悪党どのを、変にそそのかすようなことには反対だな」

クバードが「川向こうの陽気な悪党どの」と呼ぶのは、シンドゥラ国王ラジェンドラ二世のことである。ペシャワールの城塞は、カーヴェリー河をへだてて、まさにシンドゥラ王国と境を接していた。

ペシャワール城の兵力がデマヴァント山に向けられ、国境の守備が手薄になれば、ラジエンドラ二世がどう動くか。予断をゆるさないものがある。

「あの御仁《ごじん》は悪党ではない。ただ、ずうずうしくて自分かってで打算的で、目先の欲に弱いだけだ」

「それはトゥース卿の見解か」

「……と、副宰相《フラマート》どのがいっておられますな」

「軍師どのは、あいかわらず辛辣《しんらつ》だな」

現在のパルスにおいて、副宰相と軍師と宮廷画家とは同一人物である。「好きなものほど上達する」という教育論をひとりで粉砕してしまった人物として知られるが、政略と兵略に関するかぎり、大陸公路諸国においてもっとも悪名高い人物でもある。

「有翼猿鬼《アフラ・ヴィラーダ》は蛇王ザッハークにつかえるもの。デマヴァント山に巣があるというのは充分にありえることだが、さて、軍師どのは怪物退治だけが目的かな」

クバードはたくましい腕を組んだ。

「昨日の一匹が、今日は十匹。明日には百匹になるかもしれぬ。ナルサス卿はそのあたりを心配しておいでなのか」

「それもひとつの要因でござろうな」

トゥースも自分で考えてはみたが、確実な解答をえられない、というようすである。

クバードは二杯めの麦酒《フカー》をあおり、口角《こうかく》についた泡を親指の先ではじきとばすと、考えつつ口を動かした。

「兵略からいえば、やつらのやりようは下策《げさく》だ。じわじわと数が増える間に、こちらは防御をかためることができる。敵としては、何よりもこちらに不安をあたえるのが先決《せんけつ》ということか」

「恐怖と不安、それに昏迷《こんめい》。それが蛇王ザッハークの一党にとっては強力な武器であることはまちがいござらん。ただ、それに加えてナルサス卿が私に告げられたことがひとつござる」

トゥースは副宰相の実名を出した。

「ひとたび蛇王ザッハークの再臨《さいりん》が成れば、人間のこころみる防御策など、たかの知れたもの。ゆえに再臨をはばむために、まず全力をつくすべし、と」

「ふん、道理ではあるが」

クバードはつぶやき、じろりとトゥースを見やってから、視線をメルレインにうつした。

「おぬしのほうから何かひとことないのか。さきほどから、会話をわれらにゆだねて、ひとりで飲み食いしているが」

「出されたものは全部たいらげる。出してくれなければ、出してくれるよう努力する。それがゾットの流儀《りゅうぎ》でな」

メルレインは口が達者なほうではない。すぐ応じることができたのは、準備していたからであろう。

「話すことはある。でも、せっかくだからキャテをいただいてからにしよう」

キャテが出された。わざわざ焦《こ》がして炊《た》いた米の飯で、熱いスープをかけて食べる。夏というのに肌寒い、このような日には、よろこばれる料理だ。大きなさじを使ってキャテをたいらげると、メルレインは満足の溜息《ためいき》をつき、緑茶をすすりながら、王都エクバターナでのある事件を語りはじめた。

Ⅲ

この時期、パルスの王都エクバターナでは市民が豊かな平和を楽しんでいる。

王宮においては、シンドゥラを劫掠《ごうりゃく》したあげく海上に逃《のが》れたヒルメス王子とトゥラーン人の一党との行方《ゆくえ》が問題とされていた。だが、とりたてて続報もなく、また、その一件だけにかまってもいられなかった。

「人というものは争いが好きなのだ、と、つい思いたくなるなあ」

アルスラーンが歎声《たんせい》をあげるほど、毎日、裁判ざたが持ちこまれてくる。それらをかたづけながら、休息のときに、アルスラーンの身辺《しんぺん》ではトゥースの結婚が話題にされた。

アルスラーン王は若いくせに苦労人で苦労性だから、トゥースの結婚についても国王《シャーオ》として気をまわした。つまり、

「戦死者の遺族の生活を保障するために、制度づくりをすすめているが、なかなか行きとどかない。バニパール卿の未亡人にしても、トゥース個人の善意にたよる以外、娘たちともども安定した生活を送ることはできないからなあ。トゥースは、私のかわりに人助けをしてくれたのだ」

それに対するギーヴ卿の返答。

「陛下、そんなものはただの理屈でございます。人助けで結婚する者など地上におりませんよ」

「さようで、陛下、トゥース卿も模範的な人格者に見えながら、じつは凡人であったというだけのことでございます」

これはイスファーン卿で、いつもはギーヴ卿とあまり仲がよくないのだが、トゥース卿の結婚に関するかぎり、妙にギーヴ卿と意見があう。ちなみにイスファーンと同居しているのは、若い美女どころか人間ですらなく、二匹の仔狼《こおおかみ》である。

「ま、誰が何をいっても負け犬の遠吠《とおぼ》え。トゥースに一笑《いっしょう》されて勝負あり、というところだろうな」

アルスラーンがいうと、ギーヴもイスファーンも沈黙する。アルスラーンはときどき、まじめくさった表情で冗談をいうのだが、冗談としか聞こえないことを本気でいうこともある。

アルスラーンは為政者《いせいしゃ》として多忙だったが、ここ数日いそがしいなかにもうれしそうなのは、王立図書館の再建計画にめどがたったからだった。

ルシタニア軍が王都エクバターナを占領したとき、総大主教ボダンが何万冊もの貴重な書物を焼いてしまった。その蛮行《ばんこう》から立ちなおるのは容易ではなかったが、ギランなど国内各地から書物を集め、民間からも買い求めて、ようやく再建の運びとなったのだ。

アルスラーンの抱負《ほうふ》はさらにひろがる。

「よい学塾《マクタブ》には王室から援助してやりたいし、すぐれた先生《モッラー》には充分な報酬を出してやれるようにしたい。学塾に行きたい子にも援助してやろう」

「けっこうな御意《ぎょい》ですが、世の中には勉強ぎらいな子供が多うございますぞ、陛下」

「さようで、勉強をきらうあまり家出をする子もおりましょう。強制されて勉強するのはつらいものでございます」

「ギーヴ卿とイスファーン卿は、いやに真剣だな。いや、学塾へ行くことを強制するつもりはない。行きたくても行けないような子供を援助してやるだけだ。私は貧乏性だから、将来の宰相や大将軍になるべき人材を、無学なままくさらせてしまうのが惜しいのさ」

アルスラーンは笑って、手元にある書物の表紙をなでた。それはパルスの国王《シャーオ》たちの生涯を詩にあらわしたものだ。

「私たちが往古《むかし》のジャムシード王の治世について知ることができるのも、何千ファルサングをへだてた異国の風景を想像できるのも、書物のおかげだ。だいじにしよう」

このあたりは名君の発言で、廷臣《ていしん》たちとしては、「いや、おみごと、まことにもってご正論」というしかないのだが、いささか心配にもなる。国王《シャーオ》は十八歳の若さだ。たまにははめをはずしてもよいし、正式な結婚は五年ほど将来《さき》のこととしても、寵姫《ちょうき》の三、四人いてもよいのではないか。そう考える廷臣たちのなかには、小声でささやきあう者もいた。

「まさか、アルスラーン陛下は『額縁《がくぶち》の恋』をなさっているのではなかろうな」

それにはこういう過去の逸話があった。

パルス第五代の国王《シャーオ》キンナムスには、エルーブルーという王妃がいた。絶世の美女として詩にうたわれ、記録に残されている。その美しさは、

「肌《はだ》は早春の朝日に染まる高峰の雪のごとく、髪は露にぬれた大麦の穂のごとく、瞳は満天の星のなかにひときわかがやくスハイル星のごとく、唇は花蜜《かみつ》したたる紅《あか》いラーレ（チューリップ）のごとく……」

という次第《しだい》で、形容がやや過剰《かじょう》な分、かえって具体性にとぼしい。とにかくこの世のものとも思えぬ美しさということで知られていた。しかも二十五歳の若さで死んでしまったので、ひときわ惜しまれ、詩にもうたわれ、後世に伝えられて絵にも描かれ、夢幻的な美女の代表とされるようになった。

第十代の国王《シャーオ》カトリコスにはアルガシュという子がいた。十八歳で王太子に立てられたが、とりたてて欠点はなく、無難に父王を補佐していた。文学や芸術に関心が深かったが、国王《シャーオ》にはパルスの文学や芸術を保護するという責任もあるから、むしろ好ましいと思われていた。だが、あるときから度がすぎるようになった。

アルガシュは、貝殻《かいがら》づくりの額縁に描かれたエルーブルーの肖像を見て、それに恋して

しまったのである。

「私はエルーブルーどのに恋した。あの美しい女《ひと》以外に、妻となすべき女性はおらぬ」

廷臣たちは狼狽《ろうばい》し、国王カトリコスは激怒した。

「十八にもなって、現実と夢幻の区別がつかぬか。腑甲斐《ふがい》ないやつ、王者として自覚が出るまで宮廷にもどるな」

そういってアルガシュを離宮《りきゅう》に幽閉《ゆうへい》した。半年後、かなうはずのない恋にやつれはてたアルガシュは、むなしく死んでしまった。

嫡子《ちゃくし》を失ったカトリコスは、衝撃と失望に耐えて八十歳まで生き、王位を、兄の孫であるオスロエスに伝えた。オスロエス四世である。

オスロエスにはふたりの兄弟がおり、才幹《さいかん》からいえば三人のうち誰が王位を継《つ》いでもおかしくはなかった。結局、老国王《シャーオ》カトリコスの孫娘――アルガシュの妹の娘を妻としたオスロエスが、最後の勝利をえたのだ、といわれる。こうして即位したオスロエス四世は、どういうものか自分の実子より甥《おい》のバルジュクのほうに目をかけ、一時は彼を養子にして王位を継がせようとした。このため、バルジュクの出生についてさまざまな噂が流れ、宮廷が二派に分裂し、五年にわたる陰謀と暗殺の嵐が吹きあれることになったのである。

そのようなわけで、「額縁のなかの美女に恋する」という表現は、パルスではあまり好意的に使われない。

アルスラーンは国土を侵略者から奪回したという大功があり、社会の不公正をただす姿勢に民衆の支持があつい。人気はたいへんなものだが、それだけに、アルスラーンがいつ何者と結婚するか、民衆はやたらと興味をいだき、ことあるごとに騒ぎたてるのだった。

「一日も早く国王《シャーオ》によきお妃を」

「そして一日も早くりっぱなお世子《よつぎ》を」

善意の圧力というものは、当人にとってはけっこうな負担になる。アルスラーンは為人《ひととなり》にゆとりがあるので、だいたいは笑ってかわしているが、あまりかさなると、さすがにご機嫌ななめになってくる。身辺にいて、それを見てとると、側近のエラムやジャスワントは、若い国王の気晴らしに頭をひねった。

その日、というのは、アルスラーン、エラム、海商にして騎士たるグラーゼの三者が「糸杉の姫《ルーダーベ》」で密談し、夜になって王宮に有翼猿鬼《アフラ・ヴィラーダ》が出現した日から三日後のことであった。

アルスラーンはエラムといっしょに王宮をぬけ出して、市場で散歩を楽しんでいた。とりたてて何を買うでもないが、あふれかえる品物を見るだけでも楽しい。露店《ろてん》をひやかしていると、ふいに騒ぎがおこった。怒号《どごう》がとびかい、人波がくずれ、誰かがころび、幼児が悲鳴をあげる。血相を変えた役人《ダールーゲ》の姿。

「どうか聖庇《アジール》を！」

叫びとともに、アルスラーンは上衣の裾《すそ》をつかまれた。地にころげた男の手が、アルスラーンの上衣の裾を必死でつかんで離さない。

「聖庇《アジール》が成立した。役人《ダールーゲ》よ、その者に手を出すな」

エラムが叫んだ。

聖庇《アジール》は、パルスだけでなく、大陸公路諸国に共通する古い習俗《しゅうぞく》である。逃亡した奴隷《どれい》や、役人に追われる犯罪者や、横暴な夫との離婚を望む妻など、とにかく追われる立場の者が、王族や上級神官などきわめて身分の高い人に庇護《ひご》されることだ。服の袖や裾をつかんでもよいし、乗馬の尾にさわっても、剣の鞘《さや》や鞭《むち》に触れてもよい。

いったん聖庇《アジール》が成立すると、明々白々《めいめいはくはく》な犯罪者であっても、役人《ダールーゲ》がとらえるわけにはいかない。王宮や神殿の一室にかくまわれ、くわしく事情を調査される。社会に不公正があったとしても、大陸公路諸国では、このような形で修正がはかられているのだった。

「聖庇《アジール》だ」

「聖庇《アジール》だぞ、役人《ダールーゲ》ども、さがれさがれ」

「それにしても、どなたさまの聖庇《アジール》だ」

人々の声がとびかい、そのなかに、

「国王《シャーオ》におわすぞ！」

という叫びがまじると、それを確認しようとする者や、あわててひざまずく者などで、混乱がひろがった。

「後刻、王宮より沙汰がある。それを待て。無用に騒ぐでないぞ」

もういちど叫ぶと、エラムは声をひそめた。

「陛下、いったん王宮へもどりましょう。すべてはそれからということにいたしませんと」

「わかった、さあ、ついておいで」

後半は男に向かっていったのだが、男は茫然《ぼうぜん》として口をあけっぱなしだ。身分ある人と直感したからこそ聖庇《アジール》を求めたのだが、まさか「地上にただひとり」の国王《シャーオ》とは思わなかったのである。

男は生まれてはじめて王宮の門をくぐり、藤棚《ふじだな》の下の涼しげなテラスに席を与えられた。そして国王《シャーオ》じきじきに事情を聞かれることになった。男の名はハリム。職業は浴場世話係《ダッラーク》だということであった。

Ⅳ

公衆浴場《ハンマーム》の浴場世話係《ダッラーク》はいそがしい。客の背中をへちま袋《キーセ》でこすり、髭《ひげ》やむだ毛を剃《そ》り、爪《つめ》を切り、肩や腰をもみほぐす。客によっては、おできやにきびやいぼをつぶして薬を塗《ぬ》る。花の染料で爪を染める。香油を塗りこむ。客に飲物を出す。男の客なら、ひやした麦酒《フカー》。女の客なら薔薇水か蜂蜜水《はちみつすい》。

公衆浴場《ハンマーム》は男女別の設備になっているから、女の客には女の浴場世話係《ダッラーク》、男の客には男の浴場世話係《ダッラーク》がつくことになる。

いそがしいが、収入《みいり》も悪くない。腕のいい浴場世話係《ダッラーク》なら、客からもらう小銭の合計額が、一日で銀貨《ドラフム》一枚分くらいになる。だから、ひと月のうち十日くらいしか働かない者もいるほどだ。浴場世話係《ダッラーク》になりたがる者も多いが、さまざまな技術を会得《えとく》して一人前になるのはたいへんなことで、浴槽《ハズイーネ》の掃除からはじめなくてはならない。

最悪だったのは、ルシタニア軍の占領時代だった。だいたいルシタニア人は、あまり入浴というものをせず、何日もおなじ下着を平気で着ている。彼らはパルスの香水を喜んだが、それはパルス人のように清潔な肌に香りをつけるためではない。身体や着衣の悪臭をごまかすためである。おまけに、酔っぱらうと、よごれた服を着たまま浴槽に飛びこんだり、麦酒《フカー》の樽《たる》をたたきこわして床を水びたしにしたりした。

浴槽に放尿《ほうにょう》したルシタニアの貴族が、エクバターナ奪還のさい市街戦で殺された。そのことを知ったとき、ハリムは手をたたいて神々をたたえた。身分が高いくせに、最低限の礼儀も守れないようなやつは、神々の罰を受けるのが当然である。

ハリムは十三歳のとき以来、二十年間にわたって浴場世話係《ダッラーク》の仕事をしてきた。公衆浴場《ハンマーム》は彼の職場であり、聖地でもある。それを冒瀆《ぼうとく》するようなやつは地獄に堕《お》ちてしまえばいい。

ハリムも一日に銀貨一枚分はかるくかせぐ。それで月に二十日以上働くから、生活にはゆとりがあった。「なまじ結婚なんぞすると、女房どのの悋気《りんき》がわずらわしい」という考えの持ち主なので、家庭は持たず、適当に女遊びをしている。気に入った女に、たまには銀細工のひとつも買ってやれるていどの収入はあるのだ。

ハリムは自分の職業に自信と誇りを持っていたが、じつはひとつ秘《ひそ》やかな楽しみがあった。客どうしの会話をこっそり聴くことだ。ただ聴くだけで、それ以上べつに何もしない。ただ他人のささいな秘密を知るのが楽しいのだった。

以前浴場世話係《ダッラーク》のなかには、王宮の密偵《みってい》をつとめる者もいた。

公衆浴場《ハンマーム》に通う客たちのなかには、わざわざその場所を選んで密談する者もいる。「公衆浴場《ハンマーム》へ行ってくる」といえば、あやしまれずにすむからだ。そういう客でなくとも、身体があたたまって筋肉がほぐれ、気分が開放的になると、おのずと口が軽くなる。いろいろな噂話や「ここだけの話」が乱れ飛ぶ。その気になれば、公衆浴場《ハンマーム》ほど情報収集につごうのいい場所はめったにない。他には酒場と娼家ぐらいのものだ。

その日、ハリムは午前中の仕事を手ぎわよくかたづけていた。さすがに午前中から来る客はすくないので、掃除や整理などの雑用が主である。そこへ、麦酒《フカー》の醸造所から男がやってきて、ハリムに面会を求めた。ひそやかな商談がおこなわれた。

「この世で最悪の拷問《ごうもん》。それは風呂あがりの男に、ひえた麦酒《フカー》を与えぬこと」

といわれるくらいで、公衆浴場《ハンマーム》では冬でも麦酒《フカー》が飛ぶように売れる。だから、麦酒《フカー》を醸造する業者は、冬など酒場より公衆浴場《ハンマーム》のほうをだいじにする。

「なあ、おたくの浴場に、うちの醸造所の麦酒《フカー》を置かせてくれんかね」

「うーん、うちはカーセムの醸造所ともう二十年のつきあいだからな。おたくのところに乗りかえて、何かいいことがあるのかね。不義理だと後ろ指さされるだけじゃつまらんしな」

「カーセムのところじゃ、代替わりした息子がケチだもんで、職人たちがやる気をなくして、麦酒《フカー》の味が落ちはじめてる」

「そうかな、気づかなかったが」

「ためしにいちど置かせてくれてもいいだろう？」

「ふん、そいつは試供品ということで、もちろん無料《ただ》だろうな」

「それどころか、置かせてくれたら場所代を支払うよ」

「そいつは悪くない話だ。だけど客がカーセムのところの味に慣れてるからな。ま、とりあえずひと樽《たる》置いてみて反応を見てみるってことでどうだ？　それ以上の約束はできんぞ」

「ありがたい、そうしてくれるかね。じつはここにもう樽の場所代を用意してあるんだが……」

「ほう、気がきくな。このさき、きっといいことがあるよ」

国家の興亡にも正邪《せいじゃ》の対決にも関係なく、パルスの庶民はたくましく生きている。どのような悪政も、侵略も、虐殺も、彼らを根絶することはできない。まことに、副宰相ナルサス卿が言明《げんめい》するとおり、

「王朝は民衆の頭上を流れ去る川にすぎぬ。だが、どうせなら濁流よりは清流がよい」

というわけである。

ハリムは上機嫌で仕事を再開した。使われていない浴槽《ハズイーネ》を洗って、あたらしい熱い湯を満たし、手桶《ておけ》や石鹸《せっけん》やへちま袋《キーセ》をそろえる。

「おーい、十番の浴槽にお客をいれていいぞ。おれはこれから昼食をとるから、あとは頼む」

串焼き《カバブ》で麦酒《フカー》を一杯、そのあとすこし昼寝といくか。ささやかな幸福に舌なめずりしながら、ハリムはいそいそと休憩室《きゅうけいしつ》に向かった。

その足がとまった。

すぐ近くで話声がしたのだ。周囲を見まわして、ハリムはひとりうなずいた。

蒸気風呂のなかで客どうしが会話をしているのだ。密閉された蒸気風呂で事故でもおこったらこまるので、銅製の伝声管《でんせいかん》が各室にもうけられている。そこから声が洩《も》れているのだった。

ハリムは頬《ほお》をゆるめた。何かおもしろい話が聴けるかもしれない、と思ったのだ。

他人の会話を聴くことに、ハリムは罪悪感を持っていなかった。べつに脅迫したり密告したりするつもりはない。公衆浴場《ハンマーム》というかぎられた空間にいて、さまざまな世間の話を知っている、というのが単純にうれしいだけである。

たとえば、

「薬屋のオクズは、このまえ、二十も年下の美人のおかみさんをもらったが、これが顔とは大ちがい、酒を飲んでは亭主をなぐるんで、離婚したいとなげいてるそうだ。いい気味といっちゃあいいすぎだがね」

などという話を聴いて、「ふむふむ、世の中にはそういうことがあるのか」と思っても、それだけのこと。街で当の「オクズのおかみさん」に出会ったとしても、顔も知らないのだから、ただ通りすぎるだけである。

ハリムが伝声管に手をのばしたとき、大きな盆をかかえた女が通りかかった。三十歳くらいの、陽気な表情、小麦色の肌、すこし肥《ふと》めの身体つきをした女性は、女湯の浴場世話係《ダツラーク》であるヤサマンだった。

「あーら、ハリム、また立ち聞きかい？」

「ば、ばか、人聞きの悪いことというな。お客の体調が気になるだけだ」

「はいはい、でも、ほどほどにしておくんだね。そのうち痛い目を見ないともかぎらないよ」

「うるさい、さっさと行ってしまえ」

ハリムに手を振られて、ヤサマンは皮肉っぽい笑いとともに立ち去った。彼女がかかえた盆の上には、蜂蜜水や緑茶の壺、さまざまな果物や菓子があふれんばかりにのっている。

乾《ほ》した葡萄《ぶどう》や杏子《あんず》や李《すもも》や林檎、サヌマー（麦芽《ばくが》と砂糖をいれた小麦粉を焼いたもの）、チヤンガーリー（星の形をした小さなパン）、カーヴート（炒《い》った豆の粉を砂糖とまぜてかためたもの）、カーチ（バターと砂糖で味つけした小麦粉の粥《かゆ》）、無花果《いちじく》のシャーベット……。女性客のために用意されたものだ。

庶民の女性にとって女風呂での会話は最大の娯楽のひとつである。とくに若い主婦たちにとって、姑《しゅうとめ》への気がねなしに思いきりおしゃべりができる場所は他にない。男どものように、夜の酒場へ出かけるわけにいかないのだから。

王都エクバターナの公衆浴場《ハンマーム》の数は五百をかぞえる。南方の港市ギランには、ざっと三百。パルスでは、都市の規模を公衆浴場の数で比較するほどなのだ。

ヤサマンが立ち去ったあと、廊下にひとり残されたハリムは、わざとらしく咳《せき》ばらいした。

「誰の迷惑になるわけじゃなし、とがめられる筋合《すじあい》はねえや。ヤサマンのやつ、いい子ぶりやがって」

じつはハリムはヤサマンを憎からず思っている。そのヤサマンから皮肉をいわれたのでハリムはかえって意地になってしまった。何のかのと自己正当化の台詞《せりふ》をつぶやきながら、円錐型《えんすいけい》をした伝声管の先端部に耳をあてる。すぐに、くぐもった感じで客たちの会話が聴こえてきた。四、五人の男たちが、蒸気のなかで会話している。

「……何だか妙な声だな」

ハリムは首をかしげた。外国人かとも思ったが、いくつかパルス語の単語がとびかい、いきなりおそろしい台詞が耳もとで炸裂《さくれつ》した。

「蛇王ザッハークさまの御名《みな》を讃《たた》えようぞ」

ハリムの全身がすくんだ。

「へ、蛇王ザッハーク……!?」

それはパルス人にとって恐怖と害悪《がいあく》の象徴である。

「いい子にしないと、蛇王の手下がお前をさらっていって、地の底にとじこめてしまうよ！」

おさないころ、親からそうおどされたことのないパルス人は、たぶんひとりもいない。弱い者いじめをする不良少年も、髯面《ひげづら》の盗賊も、いばりくさった役人も、蛇王ザッハークの名を耳にすると、顔色を変えて思わず周囲を見まわさずにいられない。理屈ではないのだ。自分の身に暗黒の触手《しよくしゆ》が巻きつき、二度と太陽を見られぬ地獄の深淵《しんえん》へと引きずりこまれ、神々も顔をそむけて助けてくれない。そういう恐怖が全身を駆けぬけるのである。

自分が毒蛇の尾を踏んでしまったことをハリムはさとった。ヤサマンがいったことは、まったく正しかった！

「あぶない、あぶない……」

ハリムはうなった。公衆浴場《ハンマーム》の廊下は冬でも暖かいのに、額《ひたい》ににじんだ汗は冷たかった。平和でのんびりした日常が急に遠のき、暗黒の神話がハリムの前に立ちはだかった。ハリムは逃げ出したかったが、足が動かない。これ以上、話を聴きたくもないのに、耳からは蒸気風呂からの会話がさらに流れこんでくる。耳と足が協力しあって、ハリムに立ち聞きを強《し》いているようであった。

「……ひとたび蛇王ザッハークさまが再臨なされば」

「太陽は光をうしない、昼と夏は姿を消す。夜と冬が千年にわたってつづくのじゃ……」

「地上の支配者と思いあがった人間どもを、わが同族《うから》が狩りたて、餌《えさ》とするのだ」

「その日のためにも、盛夏四旬節《フローラム・チエツレ》のはじまりまでにデマヴァント山に集合する件、忘れるでないぞ」

「盛夏四旬節《フローラム・チエツレ》」とは六月後半の夏至《げし》にはじまる四十日間で、パルスでもっとも暑い季節である。

「わかっておる、わかっておる。今年の夏は人間どもにとって最後の夏じゃ」

「役所のほうにも、そろそろ休暇願いを出しておくがよいぞ。あやしまれぬようにな」

ハリムは息をのんだ。

「……ええっ、こいつら役人なのか!?」

V

アルスラーン王につかえている役人が、若い国王《シャーオ》を裏切って、蛇王ザッハークの手下になったのか。それとも最初から蛇王ザッハークの手下が身元をいつわって宮廷に潜入していたのか。いずれにしても、アルスラーン王があぶない。ひいては新生パルス王国の命運もあやうくなる。

その巨大な武勲と、質素な生活ぶりで、アルスラーンは庶民に人気があった。それが素朴な使命感とあいまって、ハリムを興奮させた。蛇王ザッハークに対する恐怖もいくらか遠のき、ハリムはけんめいに呼吸をととのえながら立ち聞きをつづけた。

「ザッハークさまは、われらに、生まれたての赤ん坊をくださろうか」

「ふん、おぬしは真の美味を知らんと見えるのう……赤ん坊はな、生まれて外気に触れたら味が落ちるのじゃよ。生まれる半月ほど前の胎児《たいじ》を、妊婦《にんぷ》の腹を割《さ》いてそのまま喰《く》らうのが絶妙の美食というものでな。ぬるぬると体液にまみれたものを……」

おぞましい会話が耳をつらぬいて、ハリムはあわや嘔吐《おうと》しそうになった。げつ、という音が伝声管にひびいて、その小さな音が、蒸気風呂での会話を中断させた。

「……誰か、われらの話を盗み聞きしておるぞ」

陰々《いんいん》たる声につづいて、立ちあがるような音がした。ハリムはうろたえた。伝声管の蓋《ふた》をとじ、いそいで立ち去ろうとする。だが、手も足も、持ち主のいうことをなかなかきかない。静かにとじるはずの蓋は大きな音をたて、立ち去ろうとする足は左右がからまってハリムをよろめかせる。

蒸気風呂の扉が開いた。高温の蒸気がハリムに向かって吹きつける。腰にタオル地の布を巻いた男が、赤々と光る両眼をハリムの顔に向けた。

「……聞いたな」

ハリムは卒倒《そっとう》しそうになった。役人の顔の下半分を見てしまったからだ。そこには人間の口も顎《あご》もなかった。前方に突き出し、上下にやや膨《ふく》らんだ形の黄色いものは、どう見ても鳥の嘴《くちばし》だった。

ハリムの脳裏《のうり》で、おさないころに聞かされた祖母の昔話がよみがえった。音をたてて書物の頁《ページ》が開いたかのようだった。

「……鳥面人妖《ガブル・ネリーシャ》！」

叫んだ声が、自分のもののようではない。恐怖の大きな泡が弾《はじ》けて、今度はかってに足が動いた。音をたてて五、六歩後退すると、身をひるがえして走り出す。とたんに、べつの浴場世話係《ダッラーク》が手桶《ておけ》をいくつかかかえてくるのに衝突してしまった。手桶が散乱し、浴場世話係《ダッラーク》がひっくりかえる。転倒をまぬがれたハリムは、両手両足を振りまわし、大声で叫びながら走った。

公衆浴場《ハンマーム》の主人が駆けつけてくる。顔の下半分をタオルで隠しながら、怪物がどなった。

「あの者をとらえよ！」

「お客さま、ハ、ハリムがいったい何をいたしましたので……？」

「われらは高等法院に属する法官《ほうかん》でな、国法についての相談をしておった」

最初に権威を持ち出して、怪物どもは主人をおそれいらせた。

「へへっ、法官さまで……」

「やつめ、ハリムと申すのか。われらの話を立ち聞きするのもけしからぬが、逃げ出したとあれば、さらに後ろ暗いところがあるのだろう。ただちに追捕《ついぶ》するが、汝《なんじ》ら、ハリムがのこのこもどってきたとき、庇《かば》ったり匿《かく》まったりしたら罪人と心得ておくがよいぞ！」

じつにたくみに、ハリムを罪人にしたててしまうと、役人たちは顔の下半分を隠したまま、あわただしく着替えをすませ、公衆浴場《ハンマーム》を出ていった。公衆浴場《ハンマーム》にとって、せめてもの救いは、基本入浴料が前払い制だったことである。

こうして、善良な浴場世話係《ダッラーク》のハリムは、家にも帰れず、職場にももどれず、半日にわたって役人に追いまわされ、夕方近くになってようやく市場で貴人《きじん》らしい若者を見つけ、当代の国王《シャーオ》とも知らず、夢中で聖庇《アジール》を願い出たのであった……。

ハリムが語り終えると同時に、夕風が強めにアルスラーンの顔に吹きつけ、若い国王《シャーオ》は我に返った。

「よく知らせてくれた。感謝するぞ。そなたの身も、もう何も心配はいらぬからな」

ハリムにいうと、背後に立つ武将に命じる。

「ザラーヴァント卿、ただちに五百の兵をひきいて高等法院へいってくれ。不在の者を確認し、その家を監視するのだ」

「御意《ぎょい》！」

たのもしく返事して、若い偉丈夫がテラスから駆け去っていく。その後姿《うしろすがた》を見送って、アルスラーンは視線をうつした。

「おそらくもう逃げ出しているだろうな、エラム」

「御意。聖庇《アジール》が成立した際に、まずいと判断してその場から遁走《とんそう》しておりましょう。鳥面人妖《ガブル・ネリーシャ》は有翼猿鬼《アフラ・ヴィラーダ》とはちがいます。人間に化け、何とかそれを隠しとおすていどの知力は持っておりましょう」

答えて、エラムは頭に手をやった。

「私ごときの知恵にはあまります。ここはやはりナルサスさまでなくては」

「そうだな。私の知恵にもあまる。エラムと私の先生をわずらわせるとしよう。だが、いまナルサス卿は在宅かな」

アルスラーンとエラムの軍略の師は在宅だった。国王のお召しに応じて参上したとき、青地に金糸で刺繍《ししゅう》をほどこした上衣を着ていたが、せっかくの上衣に絵具が何か所かついていた。

「今日はよい休日で、花の絵を三枚ほど描きました。後日、陛下に献上いたします」

「そ、そうか。それはありがたい。ところで、エラムからいちおう話は聴いてくれたと思うが……」

あらためてハリムから話を聴くと、ナルサスは冷たい緑茶をひとくち飲んだ。

「陛下のご処置につきましては、それ以上のことはやりようがございません。それでけっこうでございます。ま、ひねくれて考えますと、怪物ども、どこまで本気で密談をしたのか、という疑問が出てまいりますが」

アルスラーンが手の指を組む。

「すると、わざとハリムに話を聴かせた、ということか」

「ひとつの可能性としてです。まちがった情報を故意に流して敵を攪乱《かくらん》するのは、謀略戦の初歩でございますから」

ナルサスは笑った。悠然《ゆうぜん》たる軍師の笑顔を見ると、アルスラーンは心が落ちつく。ナルサスは臣下というより、この場にいない万騎長《マルズバーン》ダリューン卿とともに、アルスラーンが王都奪還の戦いをはじめたときからの、たのもしい同志なのであった。

「相手が人間でなく怪物、それも蛇王ザッハークの眷族《けんぞく》ともなれば、なかなかに、人知《じんち》をもって測《はか》ることはむずかしゅうございますな」

ナルサスがいったとき、甲冑姿《かっちゅう》のザラーヴァントがもどってきた。顔が紅潮し、全身から湯気がたちのぼっている。汗まみれで駆けまわったらしい。五人の法官が行方不明になった旨《むね》をアルスラーンに報告すると、エラムが差し出した壺いりの冷水を、一気に飲みほした。

「蛇王ザッハークは聖賢王《せいけんおう》ジャムシードを殺害し、その暗黒の統治は千年にわたってつづきました。その間、地上にいた人間の三分の一が殺戮《さつりく》されたと申します。両肩よりはえた蛇は人間の脳を喰《く》らい、その犠牲となった者だけで、千年の間に約七十三万人」

ナルサスがそう話しはじめる。アルスラーンもエラムもザラーヴァントもハリムも、承知のことだが、あらためて慄然《りつぜん》とした。

「そうなる前に、何とか策は打《て》っておきたい。諸外国との戦いとは勝手がちがうが、ナルサスの意見は？」

「冬がいやだからといって、火も焚《た》かずに冬服も着ないでいれば、凍死してしまいます。めんどうではございますが、いちおう備えはしておきましょう」

「デマヴァント山に兵を派遣してみるがよいか」

「まず、そのようなもので」

ナルサスがふたくちめの茶をすする。なぜかちらりとザラーヴァントを見やった。

「敵、といっても正体がまだよくわからないわけだが……敵の挑発を無視するというのも、ひとつの方法だろう。その方法を採《と》らないのはなぜだ」

慎重な口調でアルスラーンがたずねる。ナルサスは玉杯をおろしていった。

「エラム！　陛下のご下問《かもん》である。奉答《ほうとう》せよ」

あたらしく冷水の壺を用意しようとしていたエラムは、おどろいて立ちすくんだ。掌《てのひら》が冷たくなったので、あわてて卓上におろす。彼の先生は、時と場所を選ばず弟子を試問《しもん》するから、油断できない。

「も、もしこれが敵の挑発であるといたしましたら……」

「うん、そうしたら？」

「今回、その挑発を無視したところで、つぎからつぎへと挑発をつづけてくるでしょう。いちいち相手をしてはいられませんし、対処を遅らせていれば、敵の暗躍する余地が増えるだけです。どうせなら早く策《て》を打つべきではないでしょうか」

「と、十年後の軍師は申しております、陛下」

ナルサスがいうと、ザラーヴァントが大きく口をあけて笑った。

「いや、たのもしいことで。不肖《ふしょう》、このザラーヴァントも同感でございます。で、現在ただいまの軍師どのは、このザラーヴァントに、デマヴァント山への出兵をお申しつけくださいましょうか」

するとナルサスは、しかつめらしい表情をつくって首を横に振った。

「それはまたべつの人選。さしあたって、おぬしの任務は、このハリムを自宅に保護すること。せっかく名人の浴場世話係《ダッラーク》がおるのだから、今宵《こよい》はゆっくり汗を流すことだ」

宮廷画家は、ザラーヴァントの風下にいたので、巨漢《きょかん》の汗の匂いにいささかなやまされたのであった。

第二章　峠にて

I

王都エクバターナより東へ四十ファルサング(約二百キロ)。大陸公路が山間部へはいるあたりのモルタザ峠は夜の闇につつまれている。だが、その一角に五十をこす焚火《たきび》の群がきらめいて、地上にひとかたまりの星が落ちてきたかのようであった。千人ほどの旅人があつまって夜営《やえい》しているのだ。

本来、パルスのように交易が盛んな文明国では、夜営をする旅人はすくない。都市が発達し、街道や宿駅が整備されており、わざわざ夜営する必要がないからだ。あるていどの料金を払えば、鍵のかかる部屋、清潔な寝台、熱い風呂、できたての食事などが提供される。よほどのけちでないかぎり、わずかの料金を惜しんで、荷物と生命を危険にさらすことはない。

だが、宿駅が満員だとか、町で火災がおこったとか、主街道が事故で通行どめになったとか、さまざまな理由で、夜営せねばならない場合もある。そのときは、旅の専門家である隊商案内人《チャーヴォシュ》の出番だ。

隊商《キャラバン》はだいたい駱駝《らくだ》や驢馬《ろば》を使ってゆっくり旅をするのだが、隊商案内人《チャーヴォシュ》は馬を走らせて半日か一日、先行する。隊商宿《キャラバンサライ》や食糧を手配し、土地の役人と交渉し、出発の時刻をさだめ、前途について天候や治安の情報を集める。

「モルタザ峠には、今月にはいってから盗賊だの怪物だのが出没しているらしいぞ」

「役人どもは何をしてるんだ、といいたいが、そんなことをいってる暇はないな。三日以内にモルタザ峠をこえないと、契約の期日にまにあわん」

「うちもなるべく早くモルタザ峠をこえたい。おたくの隊と同行すれば、人数が五百人にはなる」

「そう願えればありがたい。だが、念のためだ。あと二隊ほど話をつけて、ついでに共同で護衛役をやとえれば万全だがな」

隊商がいくつか集まって千人以上の隊列になり、それに武装した護衛役がつけば、盗賊どももうかつに襲撃してはこない。アルスラーン王の治世になって、ゾット族は掠奪をしなくなった。それ以外の大規模な盗賊団も、ルシタニア軍との攻防戦のなかで討滅《とうめつ》されたり、逆にパルス軍に編入されたりして、ほとんど姿を消した。いまパルスに百人以上の盗賊集団はいない。せいぜい五十人から三十人というところで、この種の小さな犯罪集団を根絶するのは、いつどこの政府でも不可能である。

「これから東へ向かう旅のお人、モルタザ峠をこえるなら同行なさらんか。道づれの人数が多いほど、旅は心強いぞ」

街道すじで三人ほどの隊商案内人《チャーヴォシュ》が立札をたて、大声でいざなう。すると、これからの旅に不安を持つ人がつぎつぎと集まってくる。小さな隊商の代表者、ひとり旅の商人、それに旅の芸人《ルーティー》などだ。

芸人《ルーティー》といっても、ずいぶん多くの種類がある。歌手に舞踊家、奇術師、蛇つかい、笛吹き、猿まわし、重量あげや大食い早食い競争の選手、人形つかい、占い師、さらには理髪師や獣医や薬屋までふくまれる。

彼らは十人から三十人くらいの集団をつくって旅をする。村に着くと、それぞれが自慢の特技を披露して収入を得、つぎの村や町へと移動する。この集団の長を芸人頭《ルーティーバシ》という。パルスは文明国だから、芸術や芸能は社会的にたいせつにされる。芸人頭ともなれば、地方の村どうしの争いで仲裁役を頼まれるほどだ。

だいたいパルスでは女性はあまり長い旅をしないものだが、むろん例外はある。女芸人《ルーティーナ》がそうだし、修行中や巡礼中の女神官《カーヒーナ》がそうだ。また、つぎのような場合もある。

「わたくしたち三十名は、いずれも、マシュバール地方から王都エクバターナに嫁《とつ》いでまいりました。長い者では二十年も実家に帰っておりませんので、このたび旅費を出しあって帰郷の旅をすることにいたしました。同行の方々が多ければ心強うございます」

「ああ、けっこうですとも。隊列を組むときは、あなたがたを中心にしますよ」

女は足手まとい、ということにはならないのだ。というのも、パルスの国法では、「旅行中の女を襲撃して殺傷した者は、例外なく死刑」ということになっているからである。隊商が盗賊におそわれても、

「女がいるぞ、女を殺傷するのか」

と叫べば、盗賊たちが舌打ちしながらもわずかな掠奪だけで退散することがある。だから女性が隊商に同行を求めて、拒絶されることはめったにない。

むろん最初から、「男も女も皆殺しだ」と決めて襲撃してくる凶悪な盗賊もいて、そのときはどうしようもないわけだが、アルスラーン王の治政になってからは、めったにそんなことはなくなった。善政の二本柱は、「不公正をへらすこと」と「治安をよくすること」なのである。

女性の同行者をさがして、いなかった場合など、隊商の少年隊員が女装して盗賊どもの目をごまかす例すらある。

……そのようなわけで、六月のその夜、モルタザ峠で盛大に野営した人数は千人をこえ

た。なかで女性は六十人ほどだ。

それぞれの隊商や集団に分かれはしても、たがいに離れることはしない。酒や料理の交換もある。さかんに火を焚《た》き、大声でしゃべるのは、賊に対する示威《じい》として当然のことだ。深夜になったら、二十人ほどの不寝番をのこして、皆は毛布や外套《がいとう》にくるまる。

このようなとき、旅慣れた者は、体力を温存《おんぞん》するために、さっさと寝てしまう。内陸部の、それも峠のことだから、六月といっても夜になれば冷えこんで息も白くなる。焚火の光と熱がどうにかとどく範囲で、熟睡しておかないと、翌日の旅にさしつかえるのだ。

はじめての夜営で興奮して眠れない、などというのは、だいたいが少年である。不寝番を命じられ、はりきって焚火の前にすわりこみ、周囲を見まわす。自分では眼光するどく見張っているつもりで、腰帯にさした短剣《アキナケス》をさぐる手つきもいさましい、つもり。

そこへ、とうに寝こんだはずの隊長が、きびしい声で問いかける。

「おい、焚火に芸香《ヘンルーダ》をいれたか？」

「あ、いえ、忘れてました」

「ばか、さっさといれろ。こんな夜には精霊《ジン》ならまだしも、蛇王ザッハークの手下だってうろついてるかもしれん。はやいところ魔よけをやっとくんだ！」

叱られた少年は、あわてて驢馬のところへ飛んでいった。驢馬はとうに荷物をおろしているが、その横に革袋がおいてあって、魔よけやら鞍《くら》の修理用具やら驢馬の解熱剤やら、雑多なものがまとめてはいっているのだ。

焚火に芸香《ヘンルーダ》が放りこまれる。一瞬、炎が爆《は》ぜると、オレンジに似てもっと強い香気が焚火のまわりに広がった。

少年はほっと息をつくと、あらためて焚火の周囲を見まわし、ふと視線をとめた。視線があった相手は、人間ではなかった。犬かと思ったが、どうも狼のようだ。仔狼、といってもすでに乳児ではなく、人間なら少年期にはいったところ。焚火の近くに伏せて興味ありげに周囲を見わたしているようすである。

「土星《カイヴァーン》！　他人にかまうな」

これはたぶん人間の声がして、仔狼は元気よく尻尾《しっぽ》を振りながら声の主に駆け寄った。それで少年は気づいたのだが、となりの焚火の近くに、ひとり旅らしい男が片ひざをたて、片ひざを投げ出した姿勢ですわっている。すこしためらってから、少年は思いきって声をかけた。

「あんたの飼ってる狼かい？」

「まあな」

短く答えてうなずいた男は、まだ若い。焚火の炎が揺れているので、眉目《びもく》のこまかいところまではとても確認できないが、すっきりした顔だちのようだ。立ちあがると背が高そうだが、むだな肉づきはない。背中に長剣を負っている。足もとにもう一匹、仔狼がいて、若者の長靴にじゃれついていた。近くに荷物らしいものは見あたらない。

「あんた、何の商売だい？」

「商人じゃない。ペシャワールまで手紙をとどけにいく」

「ああ、手紙配達人《ケシュラーク》か」

手紙配達人《ケシュラーク》は顧客《こきゃく》に依頼されて遠くの土地に手紙をとどける職業だ。大富豪の場合だと、専属の手紙配達人《ケシュラーク》をやとっている場合が多い。庶民だとなかなかそうはいかないが、たとえば、ペシャワールの城塞につとめる将兵の家族がエクバターナにいて、共同で手紙配達人《ケシュラーク》をやとい、父や夫や兄弟や息子に手紙をとどけてもらうことがある。百組の家族が銀貨《ドラフム》一枚ずつ出せば、手紙配達人《ケシュラーク》としても、遠いペシャワールまで往復するだけの価値のある仕事になるのだ。

長剣を背負った若者は、自分から手紙配達人《ケシュラーク》と名乗ったわけではない。少年がかってにそう思いこんだだけである。退屈しのぎに、さらに話しかけようとして、隊商の少年は若者のようすに気づいた。しきりに右の方角へ視線を向けている。その方角には、王都エクバターナから実家へ帰省する女たちの一団がいるのだ。

「あっちにいるのは女だけさ。しかもみんな亭主持ちだ。うかつに近づくと、袋だたきにされちまうぜ」

ませたことをませた口調でいいたくなる年齢なのであった。若者は笑いもせずにうなずくと、また視線を女たちの方角へ向け、やおらつぶやいた。

「どうやら袋だたきにされたい奴が、おれの他にいるらしい」

はじめて笑った。笑うと、ほんとうの年齢よりさらに若く見える。

少年は目をこらし、口をとがらせた。

「そんなやつがいるのかい、よく見えないけど」

「おれには見える。黒っぽい外套《アバー》を着こんで、おなじ色のターバンをかぶっているぞ」

ゆっくりと若者は立ちあがった。少年は声をかけようとして、何となくたじろいだ。若者が歩み出すと、二匹の仔狼もその左右を守るように歩み出す。夜の闇《やみ》と、焚火の光とが交互に若者をつつんだ。と、若者の左にいた仔狼が、ひと声うなり、猛然と駆け出した。まさに、熟睡する女たちの一団に黒い人影がもぐりこもうとする寸前。若者が低く鋭く叫んだ。

「火星《バハーラム》、気をつけろ!」

黒い人影にとびかかろうとした仔狼は急停止して飛びのいた。

間一髪。

夜目にも白い刃が、うなりを生じて宙を払った。仔狼の首は宙に飛ぶはずだったが、かわされて、刃はむなしく弧《こ》を描いた。いや、刃と見えたのは細く鋭くとがった骨で、男の手首から先の皮膚がずるりとむけて、兇器と化した骨が、剣か槍のように突き出した。

わずかな間に、若者はすばやくまわりこんで、女たちと、ターバンをかぶった男との間に立っている。無言の数瞬を、若者の声が破った。

「なぜ顔を隠す?」

「……傷がある」

「それは気の毒、といいたいが、夜蔭《やいん》にまぎれて女だけの集団に忍びよるような不心得《ふこころえ》者《もの》のいうこと、信じる気にはなれんな」

皮肉っぽい光が若者の両眼にひらめく。

「おれは銀色の仮面で顔を隠した御仁《ごじん》と、戦場で相見《あいまみ》えたことがある。あの御仁は人間だったが、さて、おぬしはどうかな!」

同時に長剣が星の光を反射して宙を疾《はし》った。強烈な斬撃《ざんげき》がターバンの男の胴を払う。男はかわした。長剣の先に外套《アバー》が巻きついたかに見えたが、たちまち両断され、傷ついた鳥のようにはためいて闇のなかに舞いおりる。

我に返った少年が声をかぎりに叫んだ。

「たいへんだあ、みんな起きてくれ！」

すでに何人かが起き出していたが、すべての焚火のまわりで人影がはね起き、不審と不安の声をあげた。屈強の男たちが、棍棒《こんぼう》や短剣《アキナケス》や駱駝《らくだ》用の鞭《むち》を手に走り寄ってくる。だが、対峙《たいじ》するふたりをとりかこんでも、手の出しようがない。状況がのみこめないのだ。

「何がたいへんなんだ、孺子《こぞう》？」

問われた少年がうろたえる。

「あっ、あの、あっちのやつが女をおそおうとして、こっちの人が……」

「要領を得ないやろうだな。どっちが悪党なんだ。加勢するにしても、しようがないだろうが」

「すぐにわかる」

落ち着きはらっていうと、若者は左手を懐にいれ、何かをつまみ出した。植物の葉らしく見えた。手首をひるがえすと、それが近くの焚火に落ちた。たちまち魔よけの香気がただよう。怪物は自制しようとして失敗した。すさまじい嫌悪《けんお》と怒りの叫びをあげると、顔があらわになった。人ではなく鳥の、それも猛禽《もうきん》の顔をしていた。人々のおどろきのなかを、若者めがけて突進する。一瞬。

「どうやら、芸香《ヘンルーダ》の匂いを好まぬようだな、おぬし！」

若者の長剣が、怪物の嘴《くちばし》をただ一閃で宙に斬り飛ばしていた。

怪物は悲鳴を放った。いや、放とうとしたが、嘴を斬り飛ばされた跡からは、何やら奇怪な音と鮮血がほとばしっただけである。

両手で顔をかばい、怪物は飛びすさった。おそろしい苦痛にちがいないが、それに耐えながら若者をにらみつける両眼に、憎悪がたぎっている。若者は、周囲の人々を見わたして、悠々と口を開いた。

「鳥面人妖《ガブル・ネリーシャ》は、おぞましくも人の胎児を好む。妊婦がねらわれるであろうことは予測がついた。だから、最初からご婦人がたの集団に注意していたのだ」

若者がかるく長剣を振ると、刃に付着した血の雫《しずく》が地面に散った。

「どうも斬る場所をまちがった気もするが、とらえて白状させてくれよう」

「あぶない！」

もう一体の影が、若者の背後からおそいかかったのだ。顔を隠してはおらず、大きな嘴を開き、両手をかざし、左右の男たちを突きとばして若者に飛びかかる。兇器と化した骨が電光のようにひらめいた。

同時に、前方からは、傷ついた怪物が突進してくる。若者は挟撃された。

周囲の男たちが身動きする間もなく、若者は前後から奇怪な骨の兇器に突きとおされるかと見えた。だが、つぎの一瞬、絶叫と血をほとばしらせて地に横転したのは怪物たちのほうだった。

若者は地面に身を投げ出すと、地に突いた左手を中心にして身体を回転させ、ほとんどひと息に、前後の怪物の足首を薙《な》ぎはらったのである。

苦悶する二匹の怪物に、二匹の仔狼が飛びかかって、頸《くび》すじに小さな牙《きば》をたてた。変な動きをしたとたんに、頸動脈《けいどうみゃく》をかみさいてやろうというのである。

II

感歎の声のなかを立ちあがった若者は、長剣を手にしたまま、はじめて名乗った。

「わが名はイスファーン。国王《シャーオ》アルスラーン陛下におつかえする者ぞ。このありさまについて説明するゆえ、皆の衆には公正に聴いてもらいたい」

「イスファーン卿というと、狼に育てられた者《ファルハーディン》か？」

知る者がいたと見えて、そう叫んだ。

「そう呼ばれることもある」

イスファーンと名乗った若者がうなずくと、ざわめきについで、あらたな質問が飛ぶ。

「そのイスファーン卿ともあろうお人が、こんなところで何をしておられる？」

「だから、これからそれを説明する。話せば長くなるが、王都エクバターナに先日、怪物があらわれた。蛇王ザッハークの眷族《けんぞく》よ」

「蛇王ザッハーク」の名を耳にして、千人余の男女がいっせいに息をのんだ。女性のなかには気を失って倒れかかる者もいて、周囲の者があわててささえる。

「それが正体を暴露《ばくろ》されて、王都を逃げ出した。逃げこむ先は、魔の山デマヴァント。つまりは東へ向かう旅人の群にまぎれこむこと必定《ひつじょう》と見て、陛下がおれを派遣なさったのだ。国王《シャーオ》の叡慮《えいりょ》に栄光あれ！」

「栄光あれ」と、何百人かが唱和する。

「といって、おれがここで彼奴《きやつ》らをみすみす逃がしてしまったら、せっかくの叡慮も水泡《すいほう》に帰す。旅の方々にご協力願いたい」

「あなたおひとりなのか。軍隊は出動していないのか」

旅人のひとりが、さらに問いかける。

「おれひとりだ。蛇王ザッハーク自身が再出現したというならともかく、その手下どもに対していちいち軍隊を動かせるものか。おれひとりで充分よ！」

颯爽《さっそう》といい放つ。誰に聴かせるつもりか、いささか演技《しばい》がかっていたが、そこまで気づく者はいなかった。

「で、協力というのは？」

「眠りこんだ人を起こして悪いが、怪物どもがまぎれこんでいるのを捜し出したい。あやしげな者はいないか。逃げ出そうとする者はおらぬか。見まわして、たしかめてくれ」

ふたたびざわめきがおこった。

旅人たちはしばらく、興奮の声をあげながら左右をたしかめたが、とくにあやしい者は見あたらない、という。

イスファーンは、倒れた怪物のすぐそばに歩み寄った。

「よしよし、よくやった。火星《バハラーム》、土星《カイヴァーン》、もう離れていいぞ」

二匹の仔狼は、怪物たちの頸すじから小さな牙を離した。最初は油断せずに怪物たちのようすをうかがっていたが、すぐ得意そうな表情になって尻尾を振る。

イスファーンは包帯と止血薬《ちどめ》をとりだし、怪物たちの目の前に置いた。

「さてと、妊婦を殺して胎児を食べようなどという奴らは、有無をいわさず誅殺《ちゅうさつ》してよいのだが、今夜にかぎっては未遂。質問に応えれば傷の手当をしてやるが、どうだ？」

怪物たちは苦痛と憎悪のうめきをあげるだけで、応えようとしない。イスファーンは旅人たちに声をかけた。棍棒を受けとると、兇器と化したままの両手の指骨を容赦なくたたきつぶす。その上で、包帯をとりあげて巻きはじめた。

「夏至《げし》のころにデマヴァント山に怪物どもがあつまって何やらしでかすという話だが、それはいったいどんなことだ？」

イスファーンの問いに、周囲の旅人たちが低くざわめいた。怪物たちは苦悶をつづけていたが、止血《しけつ》がすみ、頭から水をかけられると、嘴《くちばし》を失わないほうの一匹が、憎々しげな声ではじめてイスファーンに応えた。

「人間などに、われらの機密を明かすと思っておるのか、おろか者が……」

吐き出した唾《つば》が、むなしく地に落ちる。

「おれがどう思おうと、おぬしらの知ったことではあるまい。しゃべる気があるのならしゃべれ。その気がないなら、だまっていさぎよく死んでいくべきだろう」

イスファーンがひややかにいい放つと、怪物は激しくまばたきした。人ならぬ異形《いぎょう》の存在であっても、「死」と聞けば動揺するものらしい。すると、皮肉なことに、怪物とはいっても人間に近い一面があらわれる。

動揺を静めて、怪物はうめいた。

「殺すのか。殺すがよいわ。汝《なんじ》らなどに何もしゃべるものか。われらの首、どこになりとさらすがよかろう」

「殺すのは一匹だけだ」

イスファーンがそう応え、怪物の不審そうな表情に向けて話をつづけた。

「一匹を殺して、屍体をデマヴァント山の近くに投げすてる。もう一匹は生かしておいて、そうだな、ペシャワールとはかぎらんが、どこぞの城塞に監禁する。そして流言をまく。デマヴァント山で『盛夏四旬節《フローラム・チェツレ》』に何がおこなわれるか、すべてを知っている者を保護している、と」

イスファーンの半面を焚火が赤く照らしている。

「つまり、一匹は囮《おとり》だ。同類の怪物たちを誘い出すためのな。大挙してのこのこ出てきたところを、罠をはって鏖殺《おうさつ》してくれる。もっともらしい『盛夏四旬節《フローラム・チェツレ》』の秘密など、生きのこった奴から聴き出せばよいことだ」

怪物が血まみれの呪詛を吐き出した。

「図に乗るな、人間ども、蛇王ザッハークさまの恐ろしさを思い知ることになるぞ！」

「現実に蛇王ザッハークは再臨しておらぬ。ザッハークなきザッハーク一党など、誰が恐れるかよ！」

イスファーンは笑いとばした。これは心に準備も覚悟もあるからできることだ。

「だいたい蛇王ザッハークの魔力がそれほど偉大なら、いまおぬしがこのようにみじめな姿をしていることもあるまい。苦境のときに助けてくれぬ者をあがめたてまつったとて、むなしいだけだろう」

怪物は答えず、両眼に血光を満たしてうめくばかりである。わずかに眉《まゆ》をしかめて、イスファーンは立ちあがった。

「ま、おぬしら、やすやすとは死なぬようだし、おれのほうにも時間はたっぷりある。ゆっくり話を聴かせてもらうとして、今夜はご一同、もう寝ることにしないか」

最後の部分は、人間たちに向けての呼びかけだった。

旅人たちは意外そうだったが、イスファーンの指示を受けて怪物たちを革紐《かわひも》で岩に縛りつけると、それぞれ眠りの姿勢にはいった。旅に出たら、食べられるときに食べ、眠れるときに眠っておかないと、危難に即応できないのだ。

イスファーンが眠りこんだあと、千余人の旅人も安心して寝息をたてはじめた。

といいたいところだが、各処で黒い人影がうごめき、息も声もひそめて峠を下りはじめた。ひとりで行動する者もおり、十人ほどまとまって逃げ出す者もいる。怪物ではないにしろ、うしろぐらいことのある者が、かなりいるようだ。

仔狼たちはときおり目をあけたが、イスファーンのそばから離れようとはせず、彼らが逃げ出すにまかせた。

夜が明けると、小さな騒ぎが各処でおこった。あるいは荷物ごと、あるいは荷物を残したまま、五十人近い人数が峠から消えていたのだから当然である。残された旅人たちは興奮して意見をかわしあった。つまるところ、盗賊の一味とか外国の密偵とか持ち逃げの犯人とか、いろいろとつごうの悪い事情をかかえた者どもが、夜のうちに逃げ出したもの、と思われた。

「いくらイスファーン卿が腕におぼえありといっても、たったひとりではなあ。みすみす悪党どもを逃がしちまったじゃないか」

旅人たちがそうささやきあっていると、峠の東方から人馬の足音がひびいてきた。イスファーンは大きく伸びをして起きあがると、二匹の仔狼をしたがえて歩き出し、出現した人馬に向かって手を振った。

「ジャスワント卿、ここだここだ」

武装した騎馬隊の先頭で、肌の浅黒い若い武将が手を振り返した。旅人たちはとまどい、かわるがわるイスファーンとジャスワントを見やった。

「峠を逃げておりてきた奴らは、ひとりのこらずとらえた。イスファーン卿、ご安心あれ」

「誰ぞ大物はいなかったかな」

「盗賊や詐欺師《さぎし》の類《たぐい》ばかり、国をゆるがすような者はいなかったが、ついでの捕物としてはまずまずでござろう」

イスファーンが「おれひとりで充分」と必要以上の広言《こうげん》をしてのけたのは、罠だったのだ。イスファーンの広言を信じこみ、いそいで夜道を逃げ出した者たちは、自分からすんで、張りめぐらされた網のなかに飛びこんでしまうことになったのである。

旅人たちは事情を知らされて歓声をあげ、手をたたいた。さすがアルスラーン王の誇る騎士の面々、やることにそつがない！

「……で、例の怪物たちはいかが？」

ジャスワントが声を低くすると、イスファーンも声をひそめた。

「軍師のおおせどおり、生かしてとらえた。正直なところ二度とかかわりたくないが、やむをえんな」

ジャスワントは国王アルスラーンの忠実な近臣《きんしん》として知られるが、生まれ育ったのは隣国シンドゥラである。「蛇王ザッハーク」の名を耳にしても生粋《きっすい》のパルス人のように慄《ふる》えあがることはない。

戦いにおいて勇敢であること、イスファーンはジャスワントに一歩もゆずらない。だが、「蛇王ザッハーク」と聞けば、一瞬、本能的に慄えてから、あらためて覚悟を決めることになる。これはパルス人としてはどうしようもないことである。

イスファーンは旅人たちに大声で告げた。

「そういうわけで、旅の衆、もう心配することは何もない。とらえられるべき奴らは、人間も怪物も、すべてとらえられたからな。ここからつぎの城市《まち》ソレイマニエまでは三百人の兵がおぬしらと同行する。これはおぬしらを守るためでもあり、とらえた奴らを護送するためでもある。悪夢は終わった、よい旅を！」

「よい旅を！」

と、旅人たちが応じる。

「実家にいいみやげ話ができたわね」

と語りあう女性たちもいて、にぎやかにさざめきながら一同は峠を東へとおりていった。

やがて旅人たちはそれぞれの目的地へと別れて、多くは二度と会うこともなかったが、「怪物を退治したイスファーン卿と二匹の狼」の物語は、千の口から千とおりに語られて、いつのまにか曲までつき、民謡として永く歌いつがれるようになる。

……このようなことがあって、クバード、トゥース、メルレイン、イスファーン、ジャスワントの五将がデマヴァント山下に集結したのは六月十五日のことであった。

総指揮をとるのは、年齢からいっても格式からいっても、クバードである。彼は前王アンドラゴラスの時代からの万騎長《マルズバーン》であった。ペシャワールの城塞は千騎長のバルハイにゆだねている。戦場での経験が豊かで、万事にものなれており、よほどの大事がおこらないかぎり安心できた。

「それにしても、どうも、いつもとすこしかってがちがうな。戦う相手が人間ではないからな」

動員する兵力は二千。作戦の性質上、多数の兵力を動員しても意味がない。隻眼の猛将は見きわめたのだ。

たとえ五万、十万の大軍を動員したとしても、

「ザッハークが出た！」

の一言でわっと算《さん》を乱したのでは、魔の山の各処で、断崖から墜《お》ちたり急流で溺《おぼ》れたりして、屍体の丘を築きかねない。ひとたび恐慌《きょうこう》におちいった軍隊は、仔羊の群のように無力でおろかしくなることを、歴戦のクバードはよく知っていた。

イスファーンがとらえた二匹の怪物は、車輪のついた鉄の檻《おり》に放りこまれている。衰弱してはいるが、両眼は気味の悪い光を失っていなかった。檻は四頭の驢馬《ろば》にひかれ、槍をかまえた騎兵が周囲をかこんでいる。怪物たちの命運は、これからの展開次第だった。

先頭に馬を立てるのはジャスワントである。アルスラーンがまだ王太子であった時代、

英雄王カイ・ホスローの廟《びょう》で宝剣ルクナバードを手にいれたことがあった。そのとき同行していた者のなかで、今回、デマヴァント山に足を踏みいれるのはジャスワントだけである。他の四将にとってははじめてのことなので、ジャスワントが先頭に立つのは当然のことであった。

「ふむ、今回の人選は、国王《シャーオ》のおはからいか。軍のおもだった者に、デマヴァント山に登る経験をさせておこう、とのご所存《しょぞん》かな。とすると、いずれこの山を舞台として、人と魔の決戦がおこなわれる、ということになるのだろうか」

ついジャスワントは深読みした。ダリューンにはおよばないが、軍師ナルサスのような男とつきあっていれば、しだいに色に染まるというものだ。

隻眼の猛将クバードは、いささかちがうことを考えていた。

「当分、シンドゥラ国をふくめて近隣諸国がパルスを侵《おか》す気配はないということか。ま、チュルクにせよミスルにせよ、傷口に薬が沁《し》みている間は、そうそう無謀《むぼう》に国運を賭《か》けるようなまねもするまい。国境の守りは、さしあたって油断をせねばそれで充分……とすると、おれとしては退屈しのぎの種を探さなくてはならんが……」

陽《ひ》に灼《や》けた精悍《せいかん》な顔に、不敵とも豪快ともいえる笑いがひらめく。

「……探す前に軍師どのが種を持ってきてくれた、と見てよいのかな」

メルレインやトゥースは黙々《もくもく》と馬を進めているが、隊列の一角が妙にはなやいでいる。トゥースの三人の妻たちが、イスファーンの二匹の仔狼をかわいがって、馬上に抱きあげているのだ。乾肉《ほしにく》などを与えても、仔狼たちは食べようとしない。イスファーン以外の者からは餌《えさ》を受けとることはないのだ。

「せっかくのご好意だ。火星《バハーラム》、土星《カイヴァーン》、いただいていいぞ」

イスファーンがいうと、二匹の仔狼は、はじめて、トゥースの妻たちの手から乾肉を食べはじめた。

精強《せいきょう》だが奇妙なパルス軍の一隊は、こうして魔の山の奥へと進んでいく。

Ⅲ

「いまからこれほど暑いのでは、盛夏四旬節《フローラム・チエツレ》が思いやられるなあ」

そうエクバターナの市民たちがぼやきあった六月十五日であったが、うだるような暑さも夕方までのことだった。

いきなり空にわきおこった雷雲が、激しい雨をエクバターナにもたらして、それが終わると急速に涼気が満ちた。人々も花々も樹々もすっかり生き返って、濡《ぬ》れた石畳はひんやりと心地よく、わざわざ靴やサンダルをぬいで裸足《はだし》で歩く者までいる。酒場では、「麦酒《フカー》より葡萄酒《ナビード》が売れそうだ」と見こんで、酒の入れかえにいそがしい。

空の色が濃くなるにつれて、星座がきらめきはじめる。このような夜は、屋内にいるのがもったいない。庭のある家は庭に食卓を出し、庭のない家は道路に食卓を運んで、料理や酒をならべ、涼しさを満喫しながらにぎやかに食事をはじめる。子供たちにとっては、井戸水でひやしたハルボゼ(メロン)の甘さがうれしい。

食卓ごとに灯火がともされるので、エクバターナの市街は、まるで夜空の星座が舞いおりてきたような光の池になる。

「食事がすんだらきちんと食卓をかたづけるんだぞ。とくに、火の用心、火の用心! 失火でも罪は重いぞ」

口うるさい巡視の役人たちは、右手に大きな鈴を持って鳴りひびかせ、左手には棒を持っている。その彼らにも葡萄酒の杯を差し出す者がいて、「火の用心、火の用心!」という声にも酔いがまじる。鈴の音も、いつのまにか三絃琵琶《ラバーブ》の音色にあわせて鳴っているようだ。

この夜は、国王《シャーオ》アルスラーンも屋内で食事する気になれなかった。満天の星の下、テラスに食卓を出して、エラムを呼び、ダリューンとナルサスを招いて、ささやかな宴を開いた。

　ファランギースとアルフリードは公用でエクバターナに不在。ギーヴはどこへ出かけるともいわず、やはり不在。四年あまり前、アトロパテネの大敗北の直後にそろった顔ぶれだけでの会食となった。

　ダリューンはといえば、王都に近い軍の宿営地を巡察して、この日の午後に帰ってきたばかりである。王宮に参上して報告をすませ、いったん自宅に帰って汗を流し、夕刻になってお召しに応じ、ふたたび参上したという次第であった。

　国王の宴、とはいっても私的なものであり、富裕な市民の夕食とくらべても質素なくらいである。アルスラーンは美食家ではなく、とりたてて高価な珍味というものは食卓に並ばない。ただ果物が好きなので、王宮の深い井戸で朝からひやされた色とりどりの果物があふれている。贅沢《ぜいたく》といえば、そのていどである。

　料理を運んだり食器をさげたりするのは王宮づとめの女官たちだが、一見《いっけん》「おばさん」が多いのは、戦死した兵士たちの未亡人をやとっているからだ。身分が高く、経済的にゆとりのある者は、なるべく多くの人間を雇用《こよう》しなくてはならない。ことは失業問題に結びつくのだ。かつてナルサスは隠者《いんじゃ》のころエラムひとりを侍童《レータク》としていたが、じつはあまりほめられたことではないのである。

ダリューンは半月ほど王都に不在だったので、公衆浴場《ハンマーム》にあらわれた怪物のことを知らない。したがって、最初の話題はそのことになって、ダリューンは、自分がその場にいあわせなかったことを残念がった。同時に、先だって王宮に「有翼猿鬼《アフラ・ヴィラーダ》」が出現したこととあわせ、エクバターナの夜空にひろがる暗黒の翳《かげ》りを気にせずにいられなかった。彼は百万の敵も恐れはしないが、蛇王ザッハークが相手では、やはりパルス人らしく、最初に呼吸をととのえる必要があるのだ。

話題はすぐ、現状の戦略論にうつった。

チュルクにマルヤム、ミスルにシンドゥラ。パルスをかこむいずれの国も、そうそう毎年、大軍を動かして戦争をしかけるような余裕はない。

ルシタニアの侵略をしりぞけた後、新国王アルスラーンの統治下で、パルスは急速に再建された。これはルシタニアによる破壊と掠奪が、南方の港市ギランにおよばず、海からもたらされる富が無傷であった、というのも理由のひとつである。いずれにせよ、パルスの再建の速度があらゆる国々の予測をこえたので、野心家たちは、パルスの弱体化につけこむことができなかった。

「まだアルスラーン王の統治はかたまっていないはず。つけこむ余地《よち》がある」

そう判断してパルスにちょっかいを出したミスルとチュルクは、それぞれ手痛い目にあって、息をひそめている。これは、陰謀をめぐらしつつ用心深くようすをうかがっているということで、野望を断念したということではない。

「隣国とは、つねに陰謀をめぐらすもの。それを力ずくでやめさせようとすれば、戦争になってしまいます。彼らが陰謀をめぐらすのは自由、こちらが隙《すき》をつくらねばよいこと」

葡萄酒の杯を灯火にきらめかせつつ、ナルサスがいう。彼の話は、シンドゥラ国を脱出したのち海上で行方を絶ったヒルメス王子のことにうつった。

「ヒルメス王子が海路ミスルへ行かれるのであれば、行かせておやりなさい。むしろ、そのほうがパルスにとってもつごうがよろしい。ミスルの国内を不安定にする要因になりますから」

ダリューンが考えつつ応える。

「だが、ヒルメス王子は勇略の人だ。ミスル軍をかたらい、大兵力をもってパルスに攻めこんできたら、いささかまずいのではないか」

ダリューンの視線が、若い国王《シャーオ》に向けられる。

アルスラーンが首を横に振った。

「いや、ダリューン、その心配はないと思う。かつてヒルメスどのはルシタニア軍と手を結んでパルスに攻めこんだ。今度はミスル軍をかたらってパルスに攻めこんだとしても、国民《くにたみ》がしたがうはずがない」

「なるほど、おおせのとおりです」

ダリューンはうなずいた。ヒルメスが個人的な復讐心《ふくしゆうしん》にもとづいて行動したことを、パルス人はみなおぼえている。喜んでヒルメスを迎えることはありえない。

「それにだ、ダリューン、ミスル国王ホサイン三世がヒルメス王子を喜んで受けいれるとはかぎらぬ」

「そうかな」

ナルサスやダリューンの会話を聴きながら、エラムは熱心にオレンジや葡萄の皮をむき、実を絞り器にかけている。アルスラーンやエラムは、年長のふたりほど酒に強くないので、果汁で葡萄酒を割るようにしないと、とてもつきあいきれないのだ。

「ミスル国がヒルメス王子を受けいれるとすれば、政略的に利用できる場合だけ。しかも、ヒルメス王子はふたりは必要ない」

ナルサスが指摘したのは、ミスル国からもたらされた情報によるものだ。ヒルメス王子と名乗る人物がミスル国王ホサイン三世に庇護《ひご》され、そのもとに、反アルスラーン派のパルス人が集まりつつある、というのであった。

「もし糸がもつれてめんどうになれば、ふたりいるヒルメス王子を、ふたりながら抹殺してしまえばよい。真物《ほんもの》も偽者《にせもの》も、最初からそんな者は存在しない、と主張すればそれまでのこと」

「ふむ、だが、そこまでやるだろうか」

「やったとしても、誰からもとがめられる心配はないはずだ。じつは、陛下……」

ナルサスが上半身ごとアルスラーンに向きなおり、口調をあらためた。

「ありていに申して、私はそうなることを望んでおります。なまじヒルメス王子を生かしたままパルスに引き渡されるようなことになれば、かえって迷惑。あの御仁《ごじん》には、パルス以外の国で死んでいただきたい」

ほんの一瞬だが、冷徹きわまる声が、葡萄酒《ナビード》の香りの上をなめらかにすべっていった。

ややあってダリューンの声がつづく。

「ナルサス、こういう可能性はないか。ミスル国がヒルメス王子を殺しておいて、その罪をパルスになすりつける、という可能性だ。殺していない、ということを証明するのは、存外むずかしいものだからな」

愉しそうに、ナルサスは友人を見やった。

「たしかに、その可能性はある。だが、そのような策略を用いるには、それ相応《そうおう》の理由が必要だ。ミスル国が、パルスからの刺客によって殺されたヒルメス王子の仇を討つためにパルスと戦う――というのは、いくら何でも不自然だろうよ」

思いきり人の悪い表情で、ナルサスは葡萄酒《ナビード》の杯を目の高さにかかげた。

「むしろ反対の可能性を考えたほうがいい。つまり、ミスル国がヒルメス王子を殺したとき、それを口実としてパルスがミスル国に攻めこむ、という可能性だ。これはこれで、いささか不自然だが、ミスルにおけるヒルメス王子の死は、パルスにとって有利になる」

ううん、とうなって、ダリューンが腕を組む。葡萄酒《ナビード》にオレンジをしぼって果汁を加えていたエラムが、小首をかしげた。

「ナルサスさま、たとえばヒルメス王子がミスル国に気にいられ、王族の娘と結婚する、というようなことはないでしょうか。ヒルメス王子に、ミスルの王族として生きる道はありえませんか」

「それもなかなかおもしろい意見だ。だが、そうなると、ミスル国の他の王族にとっては不愉快だろう。王位継承に関して、強力な競争相手ができることになるからな」

「とすると、ミスル国王はヒルメス王子をあまり厚遇《こうぐう》するわけにもいきませんね」

「そのとおりだ、エラム。つまるところ、生かしておこうと殺そうと、真物だろうと偽者だろうと、ミスル国はヒルメス王子をもてあますことになる。ミスル国王ホサイン三世は、ヒルメス王子を政治的にも軍事的にも利用しようとしているらしいが、はたして利用のしようがあるかどうか、いまになって迷っているのではないかな」

しばらく沈黙して三人の話を聴いていたアルスラーンが、ひさびさに口を開いた。

「すると、ナルサス、もしヒルメスどのがミスル国へ行かれたとしても、どうも、あまりよいことはなさそうだな」

「御意」

「だが、ヒルメスどのとしては、もはやミスル国へ行かれるより他に選択の余地はほとんどあるまい」

アルスラーンの問いに、ナルサスは、ハルボゼの汁にぬれた手をふいて答えた。

「おそらく、という以上のことは申しあげられませぬ。ヒルメス王子はトゥラーン人の、いわゆる仮面兵団の残党とともに、シンドゥラの船を乗っとって海へ出られました。西へ向かったようだ、と、シンドゥラから報告がございましたが、海上で針路を転じて東か南へ向かった可能性もございます。それに……」

「それに？」

興味をこめてアルスラーンが宮廷画家の話をうながす。

「海に嵐はつきもの。船が転覆して、ヒルメス王子はあわれ鮫《さめ》の餌《えさ》となりはてたかもしれませぬ。才能のあるわりに運のない御仁なれば」

「ナルサス」

アルスラーンは、ナルサスがふざけていると思ったようだ。すこしだけ、あきれたような調子が声にこもった。ナルサスにとっては、予想どおりの反応だったようで、悪びれるようすもない。

「僭越《せんえつ》ながら、陛下に申しあげます。ヒルメス王子の運命も人生も選択も、ヒルメス王子自身のもの。かの御仁については、ご放念《ほうねん》なさいますよう。かの御仁がふたたび陛下の御前にあらわれてから、このナルサスに対策をお問いくだされば、それで充分」

軽くいってのける宮廷画家であった。

「また、たとえかの御仁が海中で鮫に食われたとしても、陛下のご責任ではありませぬ。お心にかける必要はございません」

「身《み》も蓋《ふた》もないな、おぬしのいいようは」

あきれたように、ダリューンが首を横に振る。

ダリューンにとって、ヒルメスは公敵《こうてき》であり私敵《してき》である。公敵というのは、ヒルメスがルシタニア軍のパルス侵略に加担し、その後もアルスラーンに敵対しつづけているからだ。私敵というのは、ヒルメスがダリューンの伯父《おじ》ヴァフリーズを殺したからだ。ヒルメスがダリューンの前に出現すれば、闘ってこれを斬る。ダリューンに迷いはない。

だがそれでも、ダリューンはヒルメスに対して同情を感じてしまうことがある。少年時代の苦難もさることながら、その後、どれほど壮大な企《くわだ》てをなしても、成功寸前でかならず失敗してしまうことに対して。

「ヒルメス王子はナルサスと同時代に生まれたのが不運というべきだろうな」

そうダリューンが思っているうちに、話題が変わった。王都に出没する怪物たちのことから、蛇王ザッハークについての話になっている。

「いつぞや陛下がおっしゃったように、魔道で国を建てることはできませぬ。陛下のお考えは、地上の王者としてごりっぱなご見識《けんしき》。このナルサスは感服つかまつったものでございました」

ナルサスは一礼したが、その直後、視線を動かして皮肉な口ぶりになった。

「ダリューン、そっくりかえるな。おぬしをほめたわけではないぞ」

「いや、おれはべつに……」

「さて、陛下、とは申しましても、いまひとつの側面がございます。魔道で国を建てることはできませぬが、国を滅ぼすことはできる。それがまあ、おおかたの認識でございましょう」

涼気を満たした夜風がテラスを通りぬけて四人の髪を揺らした。

「かの聖賢王ジャムシードの治世は、蛇王ザッハークによって打倒されました。歴史の事実は伝説や神話の雲によってしばしば隠されますが、大筋ではそういうことになっております。聖賢王ジャムシードが長すぎる治世の末に人心《じんしん》を失い、そこに邪悪な者どもがつけこんだことはたしかでございましょう。ま、ひとつの教訓ではございますが……」

ナルサスの口調が微妙に変化する。

「陛下、じつのところ私は、蛇王ザッハーク自体を、それほど気にしているわけではございません。いえ、私もパルス人なれば、蛇王を軽視する気はございませんが、それよりも気になりますのは諸外国との関係でして」

この言葉はあまりに意外だったので、アルスラーンの問い返す声はつい高くなった。

「諸外国との関係？」

「どういう意味だ」

と、ダリューンも、口もとに運びかけていた杯を卓上にもどしてしまう。

淡々とナルサスは説明した。

「かりに、蛇王ザッハークが再臨したといたします。そのとき諸外国はどう動くか。陛下と蛇王とを戦わせ、双方が力弱まったとき、それをねらって諸外国の軍が侵入してくる。そうなった場合、パルスは重大な危機を迎えることになりましょう。蛇王ザッハークに関して、私が憂《うれ》えておりますのは、極端なところ、その一事のみでございます」

「そのような事態は想像もしなかった」

ようやくアルスラーンは声を出したが、自分の声とも思えなかった。

蛇王ザッハークはこの世の存在ではない。恐怖と邪悪の象徴だが、それが地上の政略や軍略とかかわってくるとは、想像を絶している。

ダリューンが腕を組んだ。

「やれやれ、おぬしにはかなわんな、宮廷画家どのよ。かの邪悪の権化《ごんげ》、蛇王ザッハークですら、おぬしにとっては、謀略の一要素にすぎんのか」

「おれは魔道士でも神官でもないからな。罰《ばち》あたりにも、すべてを地上の論理で考えている。天上だの魔界だの、どうなろうと、おれの知ったことか」

平然といいすてて葡萄酒を口にふくむナルサスに、考えこんでいたエラムが問いかけた。

「初歩的な質問で申しわけありません、ナルサスさま、よろしいでしょうか」

「いってごらん」

「も、もし、蛇王ザッハークが再臨したとして、諸外国が干渉してくる前に、蛇王に勝つ策はございますか」

ナルサスは質問者だけでなく、アルスラーンとダリューンをも見やりながら答えた。

「蛇王ザッハークは、いま、黄金と宝石でつくられた宮殿に住んでいるわけではないぞ、エラム、蛇王はいまどこにいる？」

「それは、デマヴァント山の地下深くに封じこまれて……」

「なぜそうなった？」

「英雄王カイ・ホスローに敗れたからです」

そう答えてから、エラムは、はっとしたように、師である人を見なおした。ナルサスは微笑し、アルスラーンやダリューンの視線に応えるようにうなずいた。

「というわけだ、エラム、蛇王は人間に負けるのだ。そのような前例があるのに何を恐れる？」

たしかにそのとおりだ、と、アルスラーンは思った。この頼もしい仲間たちがいてくれれば、無用な恐怖をいだく必要はない。いまはひとつひとつ、国王としての懸案《けんあん》をかたづけていこう。満天の星の下で、あらたな決意が生まれた。

Ⅳ

六月十五日。遠くパルス国のデマヴァント山でクバードら五将が行動をおこした日のことである。ここミスル国の首都アクミームでは、国王ホサイン三世が不快な夏をむかえていた。

なぜ不快かというと、第一に気候である。ミスルに吹く風は三月までは北の海からやってくる。涼気と適度の雨をともない、まことに心地よく、緑と花はあざやかに、「これで金銭《かね》さえあれば天国」というところだ。

それが四月になると一変《いっぺん》する。南の砂漠をこえて熱風がおそいかかり、植物は枯れしぼみ、砂埃《すなぼこり》がたちこめる。これが九月までつづき、人々は半死半生のありさまで冬を待ちこがれる。奴隷でさえ、昼寝を許される。午《ひる》から日没までの間、むりに労働させても、暑さと乾きで倒れてしまうのだ。奴隷は貴重な財産だから、みすみすそこなうようなことをするのは愚かというものである。

そのようなわけで、夏のミスル国では昼夜が逆転する。日没になると人々は起き出し、深夜まで活動する。ひと眠りして早朝にまた起き出し、午《ひる》になるとまた眠りにつく。

国王ホサイン三世は、ミスルでもっとも豪奢《ごうしゃ》な生活を送っている人物だ。ディジレ河の上流から王宮専用の水道を引き、夏の間は書斎や寝室の天井に水を流して室温をさげる。さらに、若くて美しい宮廷づとめの女官たちが、交替で団扇《うちわ》を使い、国王に風を送る。

午睡《ごすい》を終えて、ホサイン三世は寝台から起きあがった。女官たちが、飲むためと顔を洗うためと、二種類の冷水を運んでくる。惜しげもなく大量の水を使って顔を洗うと、完全に目がさめ、全身に生気がよみがえる。

それでもホサイン三世は不快だった。理由の第二は、つまり対パルス戦略がうまくいかないことにある。失敗した、というのではない。失敗すらできずにいる、というのが実状であった。

「どいつもこいつも、役立たずどもめが！」

冷水を飲みほしての第一声である。女官たちが思わず身をすくめた。

この年の三月には、パルスに攻めこむ機運が熟したかに見えた。軍隊の出動準備もほぼととのい、黄金の仮面をかぶった「ヒルメス王子」を陣頭に立てて、パルスの西方国境を侵す。せまくてもよいから、ディジレ河の東に占領地を確保し、そこに「ヒルメス王子」を置いて「パルス正統王室」の旗をかかげる。あとは軍事的・外交的な手段をつくしてパルスの領土をじわじわと侵蝕《しんしょく》していけばよいのだ。

その戦略はいまでも有効だ、と、ホサイン三世は信じているのだが、残念なことに、劇を演じる役者が消えてしまった。「ヒルメス王子」が偽者であることをザンデが察知《さっち》し、脱出行のはてに死んでしまったからである。マシニッサ将軍は「万《ばん》やむをえず殺した」と主張しているが、ホサイン三世はうたがっている。あえてマシニッサを問責《もんせき》しないのは、いまさらザンデが生き返るわけでもないからだ。

それにしても、ザンデの存在は大きく、彼の死は痛手だった。それまでの計画がすべて水泡《すいほう》に帰してしまったのだ。

寝室を出て、ホサイン三世は謁見《えっけん》の間へと歩きはじめた。以前は輿《こし》に乗っていたのだが、まだ老年でもないのに足腰が弱ってきたので、侍医《じい》にすすめられて歩くようになったのである。千歩ほどの距離になる。

「しかし、そうなると、あの黄金仮面めは単なるむだ飯喰《めしぐら》い、しかもいろいろとよけいなことを知っておる。はたして、これ以上、生かしておく必要があるだろうか」

ホサイン三世の思案は危険な方向へむかいかけたが、何とか彼は踏みとどまった。結論を出すのは急すぎる。これまでずいぶんと国費をかけたのだから、できれば回収したいところだ。

夜といっても、なお暑い。風はまったくなく、雨が降らないのに妙に湿気が多い。だがそれでも昼間よりはましであった。

ホサイン三世が玉座につくと、今度は王宮につかえる奴隷たちが、大きな団扇《うちわ》で風を送りはじめた。

人工の風を全身に受けながら、ホサイン三世は臣下からの請願《せいがん》や報告を受け、裁決《さいけつ》を下していく。その間に、ひやした葡萄酒や水を何杯も飲む。三十件ほど裁決をすませたころ、最年少のくせにあごひげをはやした宮廷書記官が報告した。

「ウムナカート地方の総督より、緊急の報告がまいっております」

「ウムナカート、と申すと、東南部の海岸地方であったな」

わざわざ確認したのは、記憶に自信がなかったからである。

「はい、さようでございます」

という返答だったので、ホサイン三世は内心ほっとして、氷を浮かべた水をがぶ飲みした。サトウキビで甘く味つけしてある。ミスルの庶民には想像もできない贅沢《ぜいたく》だ。

「で、どのような報告だ」

「はい、ウムナカート地方にタジュラという漁村がございまして、そこの海岸に不審な異国の船が漂着したそうでございます」

「異国とはどこの国だ？」

「それがわかりませぬ。目撃した村の者どもが無知でございまして」

と、村人に責任をなすりつける。

「船からは、百人ほどの異国人が上陸してまいりました。多少、荷物もあったようでございますが、彼らをおろすと船はさっさと帆をあげて沖へ出てしまったとか。あるいは、その百人は棄《す》てられたのかもしれませぬ。村人たちがおそるおそる近づいていきますと、何と金貨を投げてよこしたと申します」

それは異国の金貨だった。ためしに歯をたててみると、たしかに黄金だったので、村人たちは漂着者たちが身ぶり手ぶりで要求したとおり、食事を出してやることにした。ところが、それが揉《も》めごとの種になったのだ。

まず小麦粉の薄パンを出してやると、よほど空腹だったのだろう、漂着者たちはたちまち食べつくしてしまった。そこで、つぎに、香辛料《こうしんりょう》を使って焼いた魚や、魚とタマネギのスープなどを出してやると、なぜか食べようとしない。気味悪そうに魚をにらんで、しばらく話しあっていたが、皿をひっくりかえしてどなりはじめた。

「こんなものが食えるか。もっとましなものを出せ。ちゃんと料金を払ったんだからな!」

異国語であったが、こういう言葉は、なぜか通じるものである。

村人たちも感情を害した。貧しい漁村で、村人たちはできるだけのごちそうを出したつもりである。それをののしられれば、腹をたてるのは当然だ。

口論は、たちまち乱闘になった。漁師たちもたくましかったが、異国人たちの強猛《きょうもう》さといったら、お話にならなかった。

異国人の首領らしい男が、きびしい声で制止するまでに、村人たちは五十人以上の重軽傷者を出した。死者が出なかったのが不思議なほどだ。

異国人たちがさらに金貨を差し出したので、村人たちは彼らを恐れながらも、鶏《にわとり》や水牛《すいぎゅう》を引き渡して、かってに料理させ、酒も出した。椰子《やし》やサトウキビからつくったまずい酒だ。

異国人たちがいつまでいるのか、村人たちは困惑したが、ある日、街道で盗賊におそわれたパルス人の商人が、異国人に救われて村につれてこられた。とたんに事情が一変した。異国人たちは村人から車や驢馬《ろば》を高価で買いとり、その日のうちに村を出ていったのだ。

村人たちは異国人たちを見送り、災厄《さいやく》が去ったことを喜んだ。だが、異国人たちがどうやら都へ向かったらしいので、相談の末、足の速い漁船を選んでウムナカート地方の総督府に事件を報告したのである。

……報告を聞き終えて、ホサイン三世は広すぎる額《ひたい》をなでた。

「異国人と申すが、どこの国の者かわからんのか」

「聞いたこともない言葉だったそうで……それでも首領らしい男はパルス語をしゃべっていたそうで、背の高いりっぱな体格、まだ若く、顔に傷があったそうでございます。報告が正確でございましたら、彼らはそろそろ都に着くころではありますまいか」

ホサイン三世は無言のまま鼻の横を指先でこすった。このとき彼の胸中には、予感が生まれていた。何ごとかがおこる、という予感だ。だが、その何ごとかは吉《きち》か兇《きょう》か、もっとも重要なことが、ホサイン三世にはわからなかった。

第三章　ミスルの熱風

I

ヒルメスの前に海があった。太陽の上る方角に、はてしなくひろがっている。波はおだやかだが、南国の太陽を受けて必要以上にぎらついていた。ひと月以上もただよっていた海だ。あと三日も海上にいたら発狂していたのではないか、と思う。十年にわたって諸国をさすらい、その間に何度か航海も経験した。だが、今回のように、酷暑の海をあてもなくさまよったことはない。無慈悲にぎらつく南海の太陽は、人の肌を灼《や》くだけでなく、生気や覇気を蒸発させてしまうようであった。

ヒルメスでさえそうであったから、航海の経験を持たないトゥラーン人たちの心身の衰弱は激しかった。船上で六人が病死し、三人が錯乱して海に身を投げた。シンドゥラ国の商船バーンドラ号を乗っとったとき、トゥラーン人の数は百一人であったが、生きてミスルに上陸したのは九十二人であった。

ヒルメスをふくめて九十三人を上陸させると、バーンドラ号はたちまち帆をかかげなおし、海上へ逃れ去った。シンドゥラ人の船員六十人を生かしたまま帰してしまったのは、トゥラーン人が気力を失っていたからだ。陸にあがることができただけで満足してしまい、あえて殺戮《さつりく》をおこなう気になれなかったのである。

だが、陸は海よりさらに不毛だった。まともに食べるものさえなかったのだ。

草原の民であるトゥラーン人には、魚を食べる習慣がない。船上でも、つみこまれた肉や小麦しか食べなかった。そのことをミスル人は知らなかった。知らないのが当然で、この村の男女は、トゥラーンという国が存在することも知らない。辺境の貧しい漁村で、陸上の交易路からも、海上の航路からもはずれている。それでも、ひと月に一度はパルスの商人が立ち寄って、ささやかな行商をしていく、ということだった。

「一片の羊肉か牛肉があれば、こいつらは大陸公路で屈強の戦士なのだが……」

トゥラーン人たちは、ヒルメスの命令にそむかない。だがそれは忠実だからではなく、そむく気力がないからだった。草の海のなかで生まれ育った騎馬遊牧の民は、ひとにぎりの緑もない岩と砂の土地で、海上よりさらに衰弱していくようだった。

トゥラーン人たちは、自分たちが弱っていくのをさとっていた。さりとて気力のふるいようもない。

「陸と海を敗走したあげく、言葉も通じない暑いだけの国に流れついて、このまま死んでいくのか」

勇猛《ゆうもう》苛烈《かれつ》なトゥラーン人の戦士たちも、なさけなさで涙がこぼれそうになる。そのなさけなさから逃れるためには、酒と暴力しかなかった。酒を飲んでは暴力をふるうトゥラーン人たちは、たちまち村人から憎まれるようになった。上陸してから十日たらずで、このていたらくである。

「せっかく漂流を終えて上陸できたのに、このままではみな腐りはててしまいます。どうか、しっかりするようご命令を」

若い戦士ブルハーンの訴えを、ヒルメスは冷然と聞き流しているように見えた。彼は左手に長剣をさげ、右手に水牛の革《かわ》でつくられた水筒を持って、首都からの街道を見おろす丘の上に登った。強烈な直射日光を避けるため、黒っぽい巨岩が形づくる天然の庇《ひさし》の下にすわって待ちかまえた。何を待ちかまえたのか。

「そろそろ風向きが変わるころだ」

ヒルメスはつぶやいたが、そのとおりだった。丘に登ったのは朝。残忍な太陽が中天《ちゅうてん》に達する直前、街道に砂煙があがった。

赤茶けた不毛の大地を、白い煙がまっぷたつに割って、ゆるやかな弧《こ》を描きつつヒルメスに近づいてくる。

「さて、助ける役か、おそう役か」

空《から》になった水筒を投げすてると、ヒルメスは体勢をととのえた。

白い煙が眼下にせまった一瞬。ヒルメスは宙に躍る。

抜きはなった長剣が白い煙を紅く変えたのは、つづく一瞬だった。

頸部《けいぶ》を両断された騎手が、鮮血と絶叫をまきちらしながら地上へ転落した。鞍《くら》を空にした馬が、むなしくいななきながら走り去っていく。

もうひとりの騎手が、おどろきと怒りの声をあげ、手綱をしぼって馬をとめた。地上で一転して立ちあがったヒルメスの姿を見、その足もとで血を流して横たわる仲間を見やる。

半月形に湾曲《わんきょく》した刀を振りかざすと、男はヒルメスめがけて馬を突進させた。猛烈な勢いであったが、パルスの騎兵隊と死闘をくりかえしてきたヒルメスにとっては、隙だらけのかまえである。

無造作にヒルメスは突進をかわし、無造作に手首をひるがえした。半月刀をつかんだまま、男の右腕が宙に舞いあがる。

同時に鋭い口笛がヒルメスの口から飛んだ。走りぬけようとした馬が急停止する。右腕を失った男は、すでに身体の均衡《きんこう》を失っていた。落馬すると、自分でつくった血の池にうずくまって、そのまま息たえたようだ。

ヒルメスは剣の刃についた血の雫《しずく》を振ると、驢馬《ろば》とともに路上にへたばっている男に声をかけた。

「しゃんと立て。賊はかたづけた」

ふたりの盗賊に追われていたパルス人の商人は、こうしてヒルメスにともなわれ、タジュラの村にやってきた。

「きさまはミスル語がしゃべれるのだな」

「は、はいはい、何せ十二年もこの国で商売しておりますので、まあひととおりは。パルス語しかしゃべれない商人よりは、ミスル人も親しみを持ってくれますし……」

「よし、では今後おれの通訳をつとめてもらおう。名は?」

「ラヴァンと申します」

「前金だ、受けとれ」

放り出された金貨を受けとって、三十代半ばのパルス商人はつくづくとながめた。

「これはシンドゥラ国の金貨でございますな」

「それがどうかしたか」

「いえいえ、ミスル国の銅貨よりはシンドゥラ国の金貨。私めも商人でございますから、ちゃんと価値はわきまえております」

ラヴァンと名乗るパルス商人は、まじめくさって金貨をおしいただくと、懐《ふところ》にしまいこんだ。

「おつりはさしあげません。このラヴァンの誠意と熱意をお買い求めいただくのであれば、適正《てきせい》な値段だと心得ます」

「ほう、口は達者なようだな」

ヒルメスは唇の片端《かたはし》だけをつりあげた。ラヴァンはかしこまったようすで語を継《つ》いだ。

「正しい情報がお望みなのでございますな」

「そうだ、嘘《うそ》は赦《ゆる》さん」

「では多少お気に召さないことを私めが申しあげても、怒らないでいただけますな？」

ラヴァンの視線が、ヒルメスの表情をさぐる。ヒルメスは不快ではなかった。実りある会話ができそうな気がしたのだ。

「ふん、よかろう。情報の正確さが何よりも優先する。まず問うが、ミスル国の都の名は何と申したかな」

「アクミームと申します」

「いま現在、そこのようすは？」

「いま現在のようすは正確にはわかりかねます。私めがミスルの都におりましたのは、三月半ばまででございましたから。ただ、まずもっとも基本的なことを申しあげますなら、ミスルにはざっと三万人のパルス人が居住しております」

ヒルメスは壺《つぼ》の酒をひと口ふくみ、そのまずさを心の中でののしった。

「つづけろ」

「つづけまする。その三万人のうち、ほぼ一万人が、パルスの国王《シャーオ》アルスラーン陛下を打倒するための運動に加わっております」

「ほう」

さりげなくうなずいて、ヒルメスは心に甲《よろい》を着せはじめた。アルスラーンの名が、彼にそうさせたのだ。この先、ラヴァンの話がどう展開するかによって、表情や声や動作を制御する必要がありそうだった。

「現在のパルスの国王《シャーオ》に敵意を持つ者がそんなにたくさんおるのか」

「これまではただ不平をならべるばかりでございました。ですが、三つの要素がそろいまして、すこし事情が変わりました」

「その三つの要素とは？」

「第一に、ミスル国王の支援。第二に、パルス人にとっての盟主の出現。第三に、盟主をたすける実際の指導者の出現……」

ラヴァンはひとつひとつ左手の指を折ってみせた。

「時間的な順序から申しますと、二、一、三ということになりましょうか」

ヒルメスはわずかに眉をしかめた。

「そのパルス人にとっての盟主というのは、いったい何者だ」

「それはヒルメス殿下でございます。パルスの二代前の国王《シャーオ》オスロエス五世陛下の御子《みこ》であられます」

ヒルメスが心に着せた甲は、音もなくひび割れた。それでも、茫然自失《ぼうぜんじしつ》もせず逆上《ぎゃくじょう》もせずにすんだのは、甲の効果にちがいない。二瞬ほどの間をおいて、ヒルメスはどうにか皮肉っぽい笑いを返すことができた。

「どうも、にわかには信じがたい話だな。その人物はまことのヒルメス王子なのか？」

「そうミスルの宮廷ではいっております。私めなど、ヒルメス殿下をもとから存じあげているわけでもございませんので、真偽《しんぎ》のほどは確認しようもございません。ただ、ヒルメスと名乗る御仁《ごじん》がミスルの宮廷におられて、その御仁をミスル国王が全面的に支援していること、これは事実でございます」

ミスルの宮廷にいるヒルメスは偽者《にせもの》だ。そのことを、むろんヒルメス自身は知っている。だが公然とそんなことを口に出すわけにはいかない。いずれかならず偽者の面《つら》の皮をひんむいてくれよう。そう思いつつ、ヒルメスは問いをかさねた。

「それで、第三の要素とやらは何なのだ。ヒルメス王子をたすける、事実上のパルス人の指導者とか申したが……」

「ああ、そのことでございます」

もっともらしく、ラヴァンはうなずいた。

「その人物こそがまことにもって重要なので。ヒルメス殿下はめったに人前にお姿を見せません。その人物がパルス人たちをひきいるばかりか、ミスル国の騎兵まで訓練しております。何でもヒルメス殿下の無二《むに》の腹心《ふくしん》であったとかで、その人物がいなくては、とてものこと、パルス人をまとめることなど不可能でございましょう」

ヒルメスの胸中に黒雲がわきおこっている。まさか、と思いつつ、ヒルメスは、重大な問いを発した。

「で、その人物の名は何と申す？」

「はあ、パルスで歴代の武門の出身で、ザンデ卿と申される由《よし》」

ザンデの名を聴いたとき、ヒルメスは、あやうく大きな息を吐き出すところだった。なつかしい、よく生きていてくれた。だが、奇妙な話だ。ミスルの都にいる「ヒルメス王子」とやらは偽者なのに、なぜザンデはそんな奴に協力しているのだろう。

「ヒルメス王子」が偽者であるように、「ザンデ卿」も偽者なのだろうか。それとも、ザンデが真物《ほんもの》であったとして、その彼すらまちがえるほど「ヒルメス王子」が真物のヒルメスにそっくりなのだろうか。ヒルメスは判断をつけかねた。

「そのザンデ卿とやら、おぬしは会ったことがあるか」

「ございますが、お会いしたというより、パルス人の集会で遠くから見かけた、というほうが正確でございますな」

「どんな人物だった？」

「まだお若うございましたな。二十代で、筋骨《きんこつ》たくましい巨漢。パルスに正統の国王《シャーオ》を復帰させる、と主張する声には、熱と力がみなぎっておりました」

どうやら真物のザンデらしい、と、ヒルメスは思った。彼の胸中で、黒い雲がはっきりした形をとりはじめる。

「これから都へ行けば、そのザンデ卿に会えるだろうか」

「はあ、たぶん」

すでにザンデはミスル宮廷の陰謀を知って脱出し、マシニッサ将軍によって殺害されている。だが、そのことは秘密にされていたし、それ以前に都を離れて商用の旅をつづけているラヴァンとしては、ザンデの死を知りようもないわけだ。

「ザンデ卿はヒルメス王子を奉《ほう》じてパルスへ攻めこむために人材を集めていますからな、きっとあなたさまを歓迎するでしょう……ところで」

「ところで、何だ？」

「あなたさまを何とお呼び申しあげればよろしいのでしょうか。それがわかりませぬと、今後ご連絡を差しあげるとき、何かと不便でございますが」

「後で知らせる」

そっけなくヒルメスは答えた。

「いったんさがってよい。ブルハーン！　他の者を呼んできてくれ」

扉口《とぐち》に顔を出したブルハーンが、何かを察したのか、元気よく返事して駆け出していく。

II

呼集《こしゅう》されたトゥラーン人のうち、二十人ほどは酔っていた。まずい酒でも飲まずにいられない、というところであろう。指導者として、ヒルメスには責任がある。生き甲斐《がい》か、死に場所か、どちらかを彼らに与えてやる責任が。

ヒルメスは無言で一同を見すえた。最初のうちだらしなかったトゥラーン人たちの姿勢が、ほどなくととのい、表情が緊張しはじめる。ただならぬ気配を感じたのであろう。

「水をひっかける必要はなさそうだな。では聴け」

ヒルメスの声が一同の腹にこたえた。

「まず、いっておく。気力のない者はこの村に置いていく。銅貨の一枚も残してはやらん。めそめそ泣きながら、のたれ死ね！」

トゥラーン人たちの背すじが伸びた。強力な指導者に叱咤《しった》されると、彼らはそうなるのだ。

「気力のある者は、おれについてこい。生きるにせよ死ぬにせよ、おぬしらの生命に値するものを与えてやる」

ブルハーンが声をあげた。

「私はどこまでも、ヒルメス殿下のおともをいたします！」

ヒルメスはそっけなく応じた。

「お前がおれについてくるのは当然だ。だからだまっていろ。他の者の意見を聴きたい」

目も向けずにヒルメスがいすてると、ブルハーンは微笑して口をとざした。そっけない態度をとられて、かえってうれしそうであった。

バラクという名の男が、慎重な口ぶりで答えた。

「ブルハーンの申したこと、われらも同様。どこまでもおともいたす所存でございますが、ただ願わくば、進む道すじの先にあるものを、われらに示していただきとうござる」

ついでアトゥカという男が口を開く。

「殿下、何のために戦うのか、ということを教えてくだされ。それさえ教えていただければ、われらは生命を惜しみませぬ。われらに、生きる意欲と死ぬ勇気を与えてくだされ」

「よくぞ申した。では教えてやろう、おれの考えていることを」

トゥラーン人たちが唾《つば》をのみこむ。

「われらの手でこの国を乗っとる！」

それがヒルメスの宣言であった。

「この国をミスルということは、すでに全員、知っておるな。おれはミスルの国王になる。おぬしらは貴族だ。ひとりひとりに、爵位《しゃくい》と財産と千人の奴隷《どれい》と百人の美女を与えよう。どうだ、おれについてくる気になったか」

無言の壁を突き破ったのは、バラクの震えをおびた声であった。

「そ、そのようなことが可能でございますか」

「可能だ」

ヒルメスの表情も口調も、力強い自信に満ちている。指導者の自信は、トゥラーン人に対して、最大の説得力を持つのだった。

「じつのところ、この海岸に流れついたときには、おれはまったく途方にくれていた。おぬしら同様にな。だが、あのパルス商人に会って、情報を得たとき、おれの胸中には、必勝の策がわきおこったのだ」

トゥラーン人たちの表情が、当惑《とうわく》から期待へと、色どりを変えはじめた。

「思い出せ、われらがチュルク国王と結んでシンドゥラを劫掠《ごうりゃく》していた時期、パルス軍の主力は国を空《から》にしてシンドゥラを救援に来た。そのとき、ミスル軍がパルスの西方国境を侵《おか》せば、勝利は容易であったのに、ミスル国王は出兵をためらい、絶好の機会を逃したのだという」

ヒルメスは掌《てのひら》で卓《たく》をたたいた。トゥラーン人たちの耳に、その音は実際より大きく、雷鳴のようにとどろいた。

「ミスル国王は凡庸《ぼんよう》にして優柔不断！　彼奴《きゃつ》に接近し、隙を見て打倒するのは充分に可能なことだ。とくに善政をしいているわけでもなく、国民《くにたみ》の人気が高いわけでもないという。われらが彼奴にとってかわっても、何ら不つごうはない」

卓をたたいた掌で、ヒルメスは胸をたたいてみせた。

「勝算は、わが胸中にある。おぬしらが規律ただしくおれにしたがってくれれば、成功は疑いない。さあ、選べ。おれにしたがって栄華をきわめるか、めそめそ泣きながら異郷でのたれ死ぬか⁉」

「したがいまする！　殿下にしたがいまする！」

トゥラーン人たちの傷心《しょうしん》は癒《い》やされ、熱狂がとってかわった。満足そうに、ヒルメスはうなずく。

「よし、そうと決まれば、こんな辺境の寒村《かんそん》に用はない。ただちに出立《しゅったつ》の準備をせよ」

トゥラーン人たちは興奮の声をあげて出ていく。最後尾に立ったブルハーンがちらりと見やると、ヒルメスが声をかけた。

「ブルハーンよ、おれはこのミスルという国に、恩も怨《うら》みもない」

「はあ」

それはそのはずだ。ブルハーンと同様、ヒルメスもミスルの土を生まれてはじめて踏んだのである。ヒルメスが何をいおうとしているのか、ブルハーンは意図《いと》をつかみかねた。

立ちつくすブルハーンに、ふたたび声がかかる。

「その国を、おれは乗っとるつもりだ。策謀のかぎりをつくしてな」

「殿下ならきっとご成功なさいます」

熱をこめたブルハーンの声を、ヒルメスは軽く受け流した。

「むろんそのつもりだが、おれがいいたいのはべつのことだ」

ヒルメスは低く笑った。ずいぶんひさしぶりの笑いであったが、無邪気なものではなかった。

「恩とも怨みとも関係なく、すすんで悪事をはたらくというのは、妙に心がはずむものだな」

ブルハーンが返答に窮《きゅう》していると、ヒルメスは今度は高々と笑って、「ラヴァン！」と呼んだ。

パルス人の商人が、おそるおそるという感じで隣室から姿をあらわすと、ヒルメスは、都までの道案内をするよう命じた。

「かしこまりました。ところで、ええと、先ほど申しあげた件でございますが、ご主人であるあなたさまを、何とお呼びすればよろしゅうございますか」

すこし考えてから、さりげなくヒルメスは答えた。

「クシャーフル」

それは英雄王カイ・ホスローの子として生まれながら、王位につくことができなかった王子の名であった。だが、彼の子孫からは、第四代ティグラネス、第五代キンナムス、第六代ゴタルゼス一世、第七代アルタバス、と四人の国王《シャーオ》が輩出《はいしゅつ》する。この名を選んだヒルメスの心理には微妙なものがあった。

「ではこれより、あなたさまをクシャーフル卿とお呼び申しあげます」

これがミスル国におけるヒルメスの仮名となった。

「出発だ、出発だ」

人が変わったように、トゥラーン人たちは陽気になり、出発の準備をととのえた。ラヴァンをいれて総勢九十四人。必要なだけの車や牛を買うため、村人に気前よくシンドゥラの金貨をばらまく。村人も大喜びだった。きらわれ者の異国人たちが立ち去ってくれるのだから、むりもない。実際にいなくなるまで波風たてぬように、と気を使い、その日の夕方、たがいに気持ちよく別れた。村人たちは心からの歓呼で異国人たちを送り出したのである。

夕方に出発したのは、涼しい夜の間に旅をするためだ。朝になると、岩蔭をさがして眠る。昼夜逆転の旅をつづけること五日、ディジレ河にそって北上することさらに十日。一行はついに都に到着した。

だが、ヒルメスはまだ知らない。かつて彼に忠誠をつくしてくれたザンデが、すでにこの世にいないことを。

Ⅲ

ミスルの首都アクミームは人口五十万、国内最大の都市であり、北方に開けた港を通じて、マルヤムやルシタニアなどの諸国と結ばれている。だが、エクバターナの栄華を知るヒルメスにとっては、「大きな田舎町《いなかまち》」でしかなかった。

「ま、チュルクの首都ヘラートよりはましか。ここを支配するようになったら、街づくりの点で、ずいぶんと改善の余地があるだろう」

ヒルメスとトゥラーン人たちは宿舎で休息し、窓からディジレ河の流れをながめながら今後の策を練《ね》った。

多忙をきわめたのは、旅商人のラヴァンである。そもそも、パルス語の通じる宿舎を手配したのもラヴァンなのだが、それをすませると、彼はすぐ街に出た。冷水にひたした夕オルを頸すじにあてた姿で、パルス人のたまり場へ出かける。日中のことで、人通りはすくない。この時刻に外出するミスル人は、日傘《ひがさ》をさすか、ラヴァンとおなじ姿になる。でないと日射病で倒れてしまうのだ。

小肥《こぶと》りで目より眉《まゆ》が太いパルスの商人ラヴァンは、同胞《どうほう》が集まる酒場へと足を向けた。

直射日光がみるみるタオルをかわかしていく。タオルがひからびる寸前に、どうにかラヴァンは目的地に着いた。青くさい椰子《やし》のしぼり汁を頼んで一気に飲みほすと、おしゃべりな知人の姿をさがした。見つかった。

ザンデに会いたがっている者がいる、というラヴァンの話を聞くと、知人は即答《そくとう》した。

「何だ、知らんのか、ザンデ卿は死んだよ」

ラヴァンは目をみはった。

「死んだ？　またどうして？」

「くわしいことはわからんが、どうも毒殺されたらしい。いやな、ザンデ卿と同棲《どうせい》していた女がいたが、その女がザンデ卿に毒を盛り、家に火をつけ、金品《きんぴん》を奪って逃亡したという話だ。身体がでかくて強そうなお人だったが、あっけないものさ」

ラヴァンが葡萄酒をふるまうと、知人の舌は一段となめらかになった。

「他人事《ひとごと》じゃないな。おれにしたって、このままうだつがあがらないんでは、情婦《おんな》に毒を盛られかねん。もっとも、奪われるような金品もありゃしないが」

「で、ザンデ卿が死んだあと、事態は変わったのか」

気をとりなおしてラヴァンが問うと、知人は空《から》になった杯の縁《ふち》をなめながら説明した。

「ミスル国王がすっかりやる気をなくしちまったようだ。他にいろいろ事情もあるんだろうが、ザンデ卿が死んじまって、パルス人をたばねていける指導者がいなくなってしまったのが大きいな」

「すると現在のところ、ミスル国内のパルス人社会は、指導者不在というわけか」

考えこむラヴァンに、知人は、酒くさい息を吐きかけた。

「指導者になりたがっている奴は、何人かいるがね。ミスル国王から出される軍資金をあてにしてのことさ。だが、さて、ミスル国王にしたって、いつまでいい顔を見せてくれることやら」

「あてにならないのか」

「ミスル国王も、慈善《じぜん》でやっているわけではないからな。パルスの領土を手にいれる可能性がない、と踏んだら、おれたちは見すてられるさ。だいたい、日ごとにアルスラーン王の治政はかたまっているらしい。大きな声ではいえんが、アルスラーン王に頭をさげて帰国させてもらうほうが、妙な夢を見るより、よほどかしこいかもしれんなあ」

男は溜息《ためいき》をつき、杯を動かした。あらたな葡萄酒を、ラヴァンはそそいでやった。

「すると何だな、おれが都を離れている間に、状況はずいぶん不景気になってしまったようだな」

「景気のいい話は何ひとつないね」

ラヴァンはひと口だけ葡萄酒を口にふくみ、さりげなく問いかけた。

「すると、たとえば、何か景気のいい話を持ってくる者がいたら、人気が出るだろうか」

相手は力なく笑った。

「そうさな、話の内容にもよるだろうが、みんな元気を出したがってはいるんだ。ザンデ卿が、みんなの元気をあの世に持っていっちまった。ザンデ卿よりすぐれた指導者があらわれたら、一気にまた事態が変わるかもしれんが、そんな奴がいるかなあ……」

帰ってきたラヴァンからザンデの死を知らされたとき、ヒルメスは、動揺を隠すため、ラヴァンに背を向けて窓の外を見やった。ひとりであったら、深い溜息をもらしたことであろう。

「おれが腑甲斐《ふがい》ないばかりに、カーラーンとザンデ、父子《ふし》二代をむなしく死なせてしまった。いま死んでも、おれにはあのふたりに会わせる顔もない」

ザンデは同棲していた女に殺された、というが、そんなことをヒルメスは信じなかった。ザンデを殺したのはミスル国王ホサイン三世に決まっている。動機は、ザンデが邪魔になったためだ。なぜ邪魔になったのか。おそらくザンデは、黄金仮面をかぶったヒルメス王子とやらが偽者であることを知り、協力を拒否したのであろう。

「真実を知って、そ知らぬ顔で協力をつづけられるほど器用な男ではなかったからな。まったくザンデには何ひとつ酬《むく》いてやることができなかった。せめて仇《かたき》ぐらいはとってやろう」

そう心にさだめながら、ヒルメスは向きなおって、さらにラヴァンから話を聴いた。ラヴァンの話は正確でくわしく、ヒルメスのいくつかの質問にも明快な答えが返ってきた。

「……そういう次第でございまして、この国《ミスル》のパルス人社会は、ちょっと奇妙な空白状態におちいっております。誰ぞ強力な指導者があらわれて、みんなに明確な目標でもしめさないかぎり、このまま崩壊してしまうやもしれませんなあ」

「きさまの口ぶり、すこしわざとらしくないか」

「いえ、けっしてそのような」

「ふん、まあいい。実力もないのに指導者になりたがっている奴らが何人かいる、といったな。そいつらの名前と所在《しょざい》はわかるか?」

「はいはい、すでに調べてございます」

ラヴァンが薄汚れた羊皮紙《ようひし》の切れはしを懐《ふところ》から取り出す。ミスルでは、まだパルスほど紙が普及していないのだ。

羊皮紙を受けとって、ヒルメスは、そこに書かれた名を確認した。知った名はひとつもない。つまり、いささかの遠慮もなく、この者たちを脅《おど》しつけ、屈伏《くっぷく》させてかまわないわけだ。

ただし、口に出してはこういった。

「この者たちを訪ねて、協力してもらうとしよう。王宮でホサイン三世陛下に謁見《えっけん》したいが、紹介者がいないことにはな」

「さようでございますね」

協力させたい相手に、どのように協力させるか。ヒルメスは語らず、ラヴァンも問わなかった。

「このなかで、いちばん若いのは誰だ」

「クオレインどのですな。ですが同時に、いちばんものわかりの悪い御仁《ごじん》で、ご説得なさるにしても、たいそうやっかいでございますぞ」

「誰が説得するといった」

と口には出さず、ヒルメスは、いきなり、まったく別のことを要求した。

「それはそれとして、おれにミスル語を教えろ」

「はあ、ご命令とあらば。ただ、クシャーフル卿は私めを通訳としてお雇いになったと存じますが……」

「それはもちろん必要なときには通訳をつとめてもらう。おれとしては、表向き、ミスル語をしゃべれないことにしておきたいのだ、当分はな」

ラヴァンは大きくうなずいた。

「ははあ、ご深慮であられますな」

この男に特有のまじめくさった表情と口調だった。

ほどなくラヴァンは自室に引きとった。壁ぎわに侍立していたブルハーンが、扉を閉めようとすると、ヒルメスは頭《かぶり》を振った。

「あけておけ。風が通る。熱い風でも、よどんでいるよりましだ」

ブルハーンは扉から手を離したが、そのままの姿勢で、ためらいながらヒルメスに質《ただ》した。

「あのパルス商人、信用してよいのでしょうか。忠誠をよそおって、何かたくらんでいるかもしれませぬ」

ヒルメスはじっとブルハーンを見つめた。

「根拠があって、そのようなことをいうのか」

「……いえ」

一歩まちがえば自分が同僚をねたむ佞臣《ねいしん》になったであろうことをさとって、恥じいったのだ。

「ブルハーンよ、この際いっておくが、お前には心を寛《ひろ》く持ってもらわねばこまる。お前はおれの第一の腹心《ふくしん》だ。おれがこの国をのっとって王位に即《つ》いたら、お前は重臣の筆頭《ひっとう》になる身だ。そのお前が、証拠もないのに他人をうたがうようなことをしたら、おれとしては、あたらしい部下を雇うこともできなくなるではないか」

ヒルメスの話を聴くうちに、ブルハーンの頬《ほお》が紅潮してきた。ヒルメスの言葉は、思いもかけぬものだった。

「わ、私が重臣筆頭に？　まことでございますか」

「お前以外に誰がいるというのだ」

ザンデが健在であったら、こういう話の運びにはならなかっただろうな。そう心のなかで思ったが、むろんヒルメスは口には出さなかった。実際、ブルハーンには成長してもらわなくてはこまる。このトゥラーン人の若者が忠実で勇敢であることはまちがいないが、「ヒルメス王」のもとで宰相《さいしょう》をつとめるには、まだまだ未熟だった。

「それにしても、ブルハーンはトゥラーン人で、ラヴァンはパルス人だ。ミスル国を統治するためには、やはり有能なミスル人の協力者が必要だな」

ヒルメスは思案をめぐらせる。どのような人物が、協力者として望ましいか。才能がありながら、ホサイン三世のもとではうだつがあがらず、不満をいだいている——そのような人物こそが理想的だが、さて、そうつごうよく見つかるかどうか。

「だからな、ブルハーンよ、お前はただ、ひとりの戦士としての自分に満足していてはならん。ミスルがどういう国か、この国をどうやって奪いとり、どうやって統治するか、知識と意見を持て。おれはお前に期待しているのだ。期待にそむくな」

ヒルメスは舌先で下の唇をなめた。埃《ほこり》の味がした。窓から吹きこむ風は、乾いた熱風を室内に運んでくる。

「はい、けっしてご期待にそむきませぬ」

その風よりも熱っぽく声をはずませて、ブルハーンは深く頭をさげた。

Ⅳ

六月十八日のこと。

いつものように夜の国務をはじめたミスル国王ホサイン三世は、三人のパルス人を謁見《えっけん》することになった。三人はパルス人社会の有力者で、ザンデの死後、指導者の地位を争っていた。その三人がそろって、「あらたな指導者を共同で推薦したい」と申し出たのだ。三人とも何やらおどおどとホサイン三世の顔色をうかがうようすで、「クシャーフル卿を指導者に」と口をそろえるのであった。

「なるほど、三人ともすすんでその者を推薦すると申すのだな」

ホサイン三世の表情にも声にも、感銘を受けたようすはない。凡俗《ぼんぞく》の人間が特権的な地位をあきらめるには、かならず裏面《りめん》の理由があるはずだ。買収されたか脅迫されたか、どちらかであろう。パルス人社会内部のそういう事情に、ホサイン三世は興味がない。あたらしい指導者とやらが、ホサイン三世にとってつごうのよい人物ならそれでいいのだ。

「では、そのクシャーフルとやらに会ってみよう。つれてまいれ」

なるべく多くの人間に会うのは、国王の責務《せきむ》である。ときには、おもしろい話を聞ける場合もあるから、おろそかにはできない。

三人のパルス人はあらためて平伏した。

「じつはすでに宮殿の門前にて待たせてございます。呼び寄せてよろしゅうございますか」

「ふん、手ぎわのよいことだ。許すが、謁見の順番は守らねばならんぞ」

ホサイン三世が手を振ると、三人のパルス人は礼をほどこし、いったん退出した。

彼らはすぐ謁見室にもどってきたが、人数は四人になっていた。彼らのほうをちらりと見て、ホサイン三世の視線は四人めに釘づけになった。

十人ほどの先客は、目に見えてないがしろにあつかわれ、「クシャーフル」は玉座の前に呼びつけられた。夏季の正装でひざまずく長身のパルス人の顔には、見逃しようのない火傷《やけど》のあとがある。

「ふむ、其方《そのほう》がクシャーフルか」

肉の厚いあごをなでながら、ホサイン三世は無遠慮に呼びかけた。ほとばしる好奇心を抑制するのがひと苦労だった。

「其方、顔の傷はどうした？」

予期していた質問である。よどみなくヒルメスは答えた。

「子供のころ、家が火事になりまして、私めは逃げ出すのが遅れました。気がつきましたら、激しく痛む右半面が布でつつまれ、床に寝かされておりました」

「ほう、奇遇じゃな。其方が主君とあおぎたいと申すヒルメス王子も、子供のころ顔に火傷を負うている。こういうことは、パルスではよくあるものかな」

何というくだらない質問だ。クシャーフルことヒルメスは、あらためてホサイン三世を軽蔑した。ただし、そういう愚問《ぐもん》を発したホサイン三世の意図はよくわかるので、返答には気をつけねばならない。

「いえ、そうそうあることではございません。顔にこのような火傷のあとがあることを、私めは子供のころから恥じておりました。ヒルメス殿下に対して、かってに親しみおぼえましたのも、殿下におなじような火傷のあとがある、と聞いたからでございます。このようなことを御縁と申しあげれば、ヒルメス殿下はご不快でしょうが、僭王《せんおう》アルスラーンめに対する憎しみは、ヒルメス殿下と共通のものと、私めは確信しております」

ホサイン三世はわざとらしく咳《せき》をした。

「そなた、ヒルメス王子に会ったことはあるのか」

「残念ながら、ございません」

平然と、ヒルメスは返答する。嘘をついたつもりはない。鏡で自分の顔を見ることを、「会う」とはいわないだろう。

「ザンデ卿には？」

「何度かございます」

ザンデは万騎長カーラーンの息子だった。まったく会ってないというほうが不自然だろう。ホサイン三世は目を細めて、ヒルメスの表情をさぐった。

「で、其方の見るところ、ザンデの為人《ひととなり》はどうであった？」

「さて、私めがお会いしたときには、まだお若うございましたが、体格雄偉《ゆうい》、まことに頼もしい御仁とお見受けいたしました。ミスル国においてパルス人をたばねていると仄聞《そくぶん》いたしましたときは、さてこそ、と、ひざをうつ思いでございましたが……」

「あらたに聞いたであろう、ザンデは死んだ」

「はい、聞きました。何とも残念なことで」

ヒルメスは沈痛《ちんつう》な表情で溜息をつく。これには演技の必要はない。

「予としても残念であった。なかなかよくやってくれていたのでな。ザンデの死後、そのあとをついでくれる者も簡単には見つからなかったのだが……其方、すすんでその座に着こうと申し出たのはけっこうだが、そもそもなぜそういう気になったのだ？」

「私はパルスで三千人の奴隷を所有しておりました。ところが、あの善人面をしたアルスラーンめが、王位に即《つ》くと奴隷を解放してしまい、私は父祖以来の財産をすべて失ってしまったのでございます」

皮肉な気分で、ヒルメスは自分の演技をながめている。いまいましさに声をうわずらせるぐらい、容易なことだった。ホサイン三世の表情を観察しつつ、さらにつづける。

「私は前途に絶望しておりましたが、ミスル国にヒルメス殿下がご健在とうかがい、殿下の御元《おんもと》に馳《は》せ参じたのでございます。ヒルメス殿下はパルスの正統なる王室のお血筋。何とぞミスル国の支援のもとに、王位をご回復いただき、アルスラーンめを打倒していただきたく存じあげます」

ひとりで何度も練習した台詞《せりふ》だ。いまさらまちがいはしないが、ヒルメスとしては苦すぎる内容であった。おのずと表情も苦くなるのだが、それが真摯《しんし》な心をあらわすものと、ホサイン三世の目に映《うつ》ったのは皮肉なことである。

玉座から、ホサイン三世は身を乗り出した。

「其方はそう申すが、アルスラーン王の統治はパルスの国民《くにたみ》の支持を受け、一日ごとにかたまっていると申すぞ。其方らがいかにいきりたとうと、もはやアルスラーン王を打倒するのは不可能ではないのか」

このていどの反問もまた、ヒルメスの予測するところであった。

「おお、偉大なるミスル国王陛下、お言葉はもっともでございます。ですが、あえて私めは申しあげます。アルスラーンめの統治は生の卵とおなじこと。表面のみかたく、内実は溶《と》けそうに軟《やわら》こうございます」

「根拠は？」

「はい、申しあげます。私めはパルスに見きりをつけて国外へ出ましたが、国内には私めの知人が多く残っております。私めの知人でなくとも、奴隷や財産を奪われて、アルスラーンめを憎んでいる者は数多くおります。彼らはアルスラーンめを打倒したいと熱望しておりますが、指導者がおらず、また大国の支援も望めませんでした。ですが、いまその両方がかないますれば、それは希望の光となって、何十万ものパルス人をみちびきましょう」

このあたりの論法は、とくに独創的なものではない。いま黄金仮面をかぶっている「ヒルメス王子」にしても、非業《ひごう》の死をとげたザンデにしても、その他のパルス人にしても、似たりよったりの台詞《せりふ》をホサイン三世に申したてたものである。だが、だからこそホサイン三世としては、自分の野心を実現させるための要素として、亡命パルス人たちのいうことを信じこんだのであった。

「人は自分の信じたいことを信じるもの。ゆえに、真実のすぐ近くに陥《おと》し穴を掘っておくのが、すぐれた策略と申すものでございます」

と、パルス国の軍師ならいうであろう。

さらにホサイン三世はいくつかの質問をかさねたが、クシャーフルことヒルメスの返答は、ことごとくミスル国王の意にかなった。心のなかでホサイン三世はうなずく。

「こやつ、ザンデの代理として充分つとまりそうだ」

現在、ホサイン三世はパルスへの侵攻計画を中断させているが、むろんそれは本意ではなかった。

野心は大蛇のように、ホサイン三世の腹中《ふくちゅう》にわだかまっている。死んだのではなく、冬眠しているだけである。

パルスの軍師であるナルサスは、「国家というものはそうほしいままに出兵できるわけではない」という見地《けんち》から、早急なミスル軍の侵攻を否定した。それは正しい基本認識ではあるのだが、ナルサスにしても、ザンデの死や、それにともなう障害のかずかずまで見ぬくことはできない。ホサイン三世は出兵したくてたまらないのだ。彼の野心を、かろうじてとどめていたのが、ザンデの死であった。ザンデの代理として、ミスル国内のパルス人をたばね、パルス人部隊の指揮をとれるような人材があらわれれば、ホサイン三世の腹中では野心の大蛇がゆっくりと鎌首《かまくび》をもたげることになるのだ。

ホサイン三世の腹中で、何かがざわざわと波立った。大蛇が目覚《めざ》めつつあるのだ。ホサイン三世はついに決定的な質問を放った。

「で、其方、予に何を望むのだ」

勝った、と、ヒルメスは思った。凡庸なミスル国王は、自分自身を亡ぼす道に第一歩をしるした。むろんヒルメスは、内心の思いをひとかけらも表面には出さない。

「つつしんで陛下にお願い申しあげます。何とぞヒルメス殿下に、これまでにまさるご援助のほどを。私めはヒルメス殿下のもとで、働ける場をいただければ、それで満足でございます。もっとも――」

ヒルメスは微笑した。ホサイン三世を催眠にかけるような微笑だ。

「陛下のご援助のもと、ヒルメス殿下がパルスの王位に即かれましたあかつきには、私めも、働きに応じた恩賞をいただいて故郷に帰りたく存じます。じつは、多いほどありがたく存じますが」

ホサイン三世は腹をゆすって笑い出した。一瞬の間をおいて、国王の側近たちもいっせいに笑い出す。

おもしろい奴だ、と、ホサイン三世は思った。ミスル国王の思いは、ヒルメスには丸見えだった。いったん笑った以上、ホサイン三世は、気に入った相手に、寛大で気前のよいところを見せなくてはならない。

「よろしい、では其方に命じる。ザンデにかわって、今後、わが国に居住するパルス人どもをたばねよ」

「そのような大任を私めにおゆだねくださいますので？」

「そうだ。ヒルメス王子につぐ地位だ。とりあえず、其方に称号を与えよう」

ホサイン三世の、すこし脂《あぶら》ぎった視線が、左側に投げつけられた。

「書記官長、何ぞ適当な称号はないか。ただちに前例を調べてみよ」

痩《や》せて体内の水分がすくなそうな中年の男が、席から立ちあがった。グーリイという名の男だ。あわただしい手つきで、羊皮紙の束をひっくりかえす。

「六十年ほど前の記録がございます。ミルザー二世陛下の御宇《みよ》に、マルヤム国より亡命してまいった貴族がおりまして、ミルザー二世陛下はその者に『マルヤム客将軍《アミーン・ヌ・マルヤム》』の称号を賜わりました。その尊《たつと》ぶべき前例により、このクシャーフルなるパルス人に、『パルス客将軍《アミーン・ヌ・パルス》』の称号をお与えくださるのが至当かと存じたてまつります」

長い台詞は、咳で二度ほど中断されたが、とにかくしゃべり終えて深々と一礼すると、ホサイン三世は鷹揚《おうよう》にうなずいた。

「いちいち国名をつけるにもおよぶまい。『客将軍《アミーン》』だけでよかろう。其方を『客将軍《アミーン》クシャーフル』と公称することにする。異存があるか？」

「ございません。陛下のご厚情《こうじょう》に、心より感謝いたします」

すべては演劇、ミスル国は劇場、自分は俳優だ。あらためてヒルメスがそのことを確認すると、ホサイン三世はにやりと笑った。

「よし、では客将軍《アミーン》クシャーフルよ、其方にはさっそく役に立ってもらうぞ。パルスの僭《せん》王《おう》アルスラーンと戦う前に、パルス人たちの忠誠と武勇を実際に予に見せてくれるであろうな」

うやうやしく一礼して、ヒルメスは自分の演技を終了した。

V

「客将軍《アミーン》クシャーフル」が退出すると、ホサイン三世は謁見室《えっけんしつ》から書斎へ移動した。

ミスル国王は満足していた。思わぬ収穫があったのだ。いったん冷えた料理が、あたためなおされて食卓にもどってきたようなものであった。

ホサイン三世は振り向き、随従《ずいじゅう》してきた腹心の将軍に声を投げつけた。

「マシニッサよ」

「は」

「今回はザンデのときのようなことがないようにしたいものだ。万事、慎重にな」

「……は」

マシニッサは気まずい思いがした。ザンデを殺したことを後悔してはいないが、どうもあれ以来、ホサイン三世の視線が冷たくなったような気がしている。

「早まって、かるがるしく事を起こすでないぞ」

「おそれいります。にいたしましても、あのクシャーフルと申すパルス人、口ほどに腕が立つものでございましょうか」

「だから腕を試すのだ。アシュリアル地方の野盗どもと戦って、勝てばよし、共倒れになるていどの腕なら、死んでも惜しくはない。これぞ万全の策と申すもの」

「感服つかまつりました」

形だけは鄭重《ていちょう》に、マシニッサは答える。

「いざとなればな、マシニッサ」

ホサイン三世はわずかに声をひそめた。

「いまの黄金仮面を抹殺して、あのクシャーフルめに黄金仮面をかぶせ、ヒルメス王子と名乗らせる。どうせ顔に傷のあるパルス人ということなら、誰が仮面をかぶってもおなじこと。そうであろうが」

ホサイン三世の考えは、恐ろしくも滑稽《こっけい》なものであった。真物《ほんもの》のヒルメスに偽者の役を演じさせようというのだから。むろんホサイン三世自身は、その滑稽さに気づきようもない。気づいた、というより、ひっかかるものを感じたのは、猜疑心《さいぎしん》の強いマシニッサのほうであった。

「顔に火傷のあとのある三十歳ぐらいのパルス人。しかも武勇にすぐれ、気品のある……そんな人物がやたらといるだろうか。もしかして、あのクシャーフルという男は、真物のヒルメス王子ではないのか？」

自分自身の考えに慄然《りつぜん》として、マシニッサはホサイン三世を見やった。肥満ぎみのミスル国王は、あいかわらず上機嫌で、右手に葡萄酒の杯を持ち、左手で大きな耳をいじくっている。ホサイン三世は自分のことをたいした策士だと信じこんでいるが、傍《はた》から見ればそれほどでもない。

そこまで考えて、マシニッサはもう一度ぎくりとした。いやなことを思い出したからだ。自分がザンデを殺した、という事実を。

「ザンデはヒルメス王子の忠臣だった。もし、おれがザンデを殺したということを真物《ほんもの》のヒルメス王子に知られたらまずいぞ」

死ぬまぎわに彼をにらみすえたザンデの眼光が、マシニッサの脳裏に浮かんだ。だまし討ちとまではいえないにしろ、あまり他人に自慢できない方法で、マシニッサはザンデを殺したのだ。

「ばかばかしい。あのクシャーフルとやらが真物のヒルメスと決まったわけでもなし。おれは幻影におびえているのだ。しかもまだ完全にできあがってもいない幻影に。おちつけ、おちつけ」

そう自分に言い聞かせたが、やはり不安をぬぐうことはできなかった。

「何を考えておるのだ、マシニッサ？」

皮肉とも猜疑《さいぎ》ともつかぬホサイン三世の声が、ミスル国随一の勇将を軽くうろたえさせた。

「あ、いえ、ヒルメス王子が、かのクシャーフルをどのように思うか、なかなか観物《みもの》だと存じまして」

ふん、と笑って、ミスル国王は葡萄酒の杯をかたむけた。

「奴がどう思おうと、かまうものか」

翌日、つまり六月十九日。

「ミスル国王より称号を賜わった客将軍《アミーン》クシャーフル」の名において、首都アクミームに居住するパルス人が、練兵場に召集された。ひとり残らず、ではない。かつてザンデがつくった名簿にのせられた三千人で、十八歳から四十歳までの男性である。いつか祖国パルスに攻めこむ日のため、ザンデが軍の中核に育てようとした三千人であった。

彼らは喜んで集まったわけではない。呼集《こしゅう》に応じないとミスル国王の不興《ふきょう》を買う、というので、いやいや集まったのである。

　武装したヒルメスが彼らの前に立つと、口も開かぬうちに怒号が飛んできた。

「お前はどこの何者だ。どんな資格があっておれたちの上に立とうというのだ。お前の命令になど誰もしたがいはせぬわ、この道化者め！」

　声の主を見すえると、ヒルメスは、ゆっくりと足を運んでその前に立った。

「きさまの名を尋《き》いておこうか」

「教えてやろう。わが名はクオレイン。父はフゼスターン地方の諸侯《シャフルダーラーン》であった」

　二十代半ばと思われる、いかにも不遜《ふそん》そうな若者だった。ヒルメスが一言も発しないうちにどなりつけたのは、機先《きせん》を制するためであろう。仲間を煽動《せんどう》するように振り返り、わざとらしく声をはりあげる。

「聞くところによると、お前は三千人の奴隷を持っていたそうだが、そんなていどで自慢になるか。わが家は三万人の奴隷を所有していた。つまり、このクオレインは、お前の十倍も、人の上に立つ資格があるのだ。かがやかしい家系だということがわかったか」

　声をたてずにヒルメスは笑った。

「他に自慢になることはないのか」

「何……？」

「きさまの家系ではなく、きさま自身に何か誇るところはないのか。知恵は？　武芸は？

勇気は？」

「くだらぬことを尋《き》くな！　このクオレインは、かがやかしい家系の当主なのだ。それに対して敬意を払わぬきさまは……」

「わかった」

「何？」

「わかった、生かしておく価値はない！」

ヒルメスの鞘《さや》から抜き放たれた長剣は、白熱した線を描いて、クオレインの右肩から左肩へと通過した。その線を境として、クオレインの肉体は上下に分断された。首が後方に飛び、胴体が前方に倒れ、双方から血が噴き出して砂を染める。凍結していたパルス人たちが動き出した。怒りの叫びをあげながら剣の柄《つか》に手をかける。

「やれ！」

ヒルメスの号令と同時に。

十人のトゥラーン人が矢を射放した。

十人のパルス人が剣を手にしたまま倒れた。

生き残ったパルス人たちは、ふたたび凍結した。いつでも矢を放てるような姿勢のトゥラーン人たちを左右に、ヒルメスは、パルス人たちをにらみわたす。

「きさまらに対する生殺与奪《せいさつよだつ》の全権は、ミスル国王ホサイン三世陛下よりいただいてある。おれの長剣の切れ味もよく見たろう。クオレインごとき、役立たずにして逆意《ぎやくい》のみ盛んな輩《やから》は、今後いっさい存在を許さぬ」

パルス人たちの顔に、畏怖《いふ》が翳《かげ》りをひろげていく。クオレインの血が砂に吸われ、色を変えていくように。

「今日より五日間、きさまらを訓練する。いままではたるんでいるだろうが、ザンデ卿の訓練を受けた下地《したじ》があれば、充分に耐えられるはずだ。ほんとうに耐えられないというならしかたないが、命令や指示にしたがわぬ者、手を抜く者は殺す。脱走する者も殺す。脱走の計画を知りながら、おれに告げなかった者も殺す」

口を開く者はひとりもいない。ひときわ熱い風が、パルス人たちの間を吹きぬけ、足もとの砂を舞いあげた。

「そのかわり、優秀と認められる者には賞を与える。訓練が終われば、一日休息して、その後に最初の出動をおこなう。国王陛下よりのご命令で、西のアシュリアル地方に出没する野盗どもを討伐に行くのだ」

ヒルメスは軍靴《ぐんか》につつんだ足を動かし、不運なクオレインの生首を蹴《け》りあげた。無情そのものの声がパルス人たちの耳をつらぬいた。

「戦いにあたって、すこしでも怯懦《きょうだ》なふるまいをする者は、例外なくこのようになる。忘れるな」

Ⅵ

七月四日。

ミスル国王ホサイン三世は、客将軍《アミーン》クシャーフルひきいるパルス人部隊が凱旋《がいせん》した、との報を受けた。三千人のパルス人と九十人のトゥラーン人から成るこの部隊は、西方アシユリアル地方において、五千人と推定される野盗集団と戦い、これを潰滅《かいめつ》させたのである。

「二千人を殺し、千人を捕虜とし、二千人を生命《いのち》からがら逃走させた」

というのが、戦果《せんか》であった。

かかった日数は十日。これは、

「行くのに三日、戦うのに三日、戦後処理に一日、帰るのに三日」

という、客将軍《アミーン》クシャーフルの計算どおりであった。

いずれにせよ、めざましい武勲《ぶくん》で、客将軍《アミーン》クシャーフルは王宮に敵の幹部五人の生首を運ばせ、ホサイン三世の実見《じっけん》にいれた。生首はそのままでは腐敗して悪臭を放つので、塩につけてある。ホサイン三世は宮廷奴隷の手から長い杖《つえ》を受けとり、その尖端《せんたん》で生首をつついて、満足の声をあげた。

「ようやった、ようやった、ほめてつかわすぞ」

「まことに二千人も殺したのか？」

マシニッサが口もとをゆがめつつ詰問《きつもん》する。ヒルメスが静かに答えた。

「まことでござる」

「百人ていどしか殺しておらぬのを、おおげさに申したてているのではないか。手柄ほしさの愚《おろ》か者が、よく使う策《て》だ」

「おうたがいはごもっとも」

あいかわらずヒルメスは静かだが、マシニッサの目には、どこか薄気味悪さをただよわせている。

「ですが、おうたがいはすぐにはらしてごらんにいれましょう。ブルハーン、部下どもに例の袋を運ばせよ」

五人のトゥラーン人が、重そうな麻の袋をそれぞれひとつずつかかえてきて、ヒルメスの前に並べた。

「この袋の口をお開きください」

ヒルメスの声を受けて、ホサイン三世は宮廷奴隷に向けてあごをしゃくった。宮廷奴隷のひとりが、袋の口をしばる紐をほどき、なかをのぞこうとして悲鳴をもらした。

ホサイン三世はうなり声をあげ、マシニッサも全身を硬直させた。袋の口からこぼれ出たのは、あきらかに人間の耳であったのだ。

「こ、これは、クシャーフルよ？」

「ひと袋に四百人分はいっております」

と、ヒルメスの声は静かなままだ。

「二千余の首を都まで持ち帰るのは、きわめて困難。よって敵の戦死者の耳だけを持ち帰りました。右の耳だけでございます。左の耳をまぜて、人数を水増しするような所業《まね》はいたしておりません。どうかご確認ください」

「………」

「ご確認ください、マシニッサ将軍！」

わずかにヒルメスが口調を強めると、マシニッサは両手をにぎりしめて立ちつくした。ヒルメスに対抗したいのだが、とっさにどう反応すればよいかわからない。

声を出したのはホサイン三世であった。

「客将軍《アミーン》クシャーフルよ、其方《そのほう》の武勲のほどはよくわかった。みごとであった。マシニッサも口をつつしむがよい」

ヒルメスは鄭重に一礼して、ミスル国王の仲裁を受けいれた。

「其方には恩賞を与えねばならんな。望むものをいうてみよ」

「ありがたき幸せ。私めはすでに陛下のお心づかいにより、不自由なき身にございます。このたび善戦いたしましたパルス人の兵士たちに、公平な恩賞をたまわりますよう、お願い申しあげます」

「よしよし、士官ひとりに金貨五枚、兵士ひとりに金貨一枚をつかわそう。それに其方にも自宅が必要であろうから、適当な館を一軒与える。そこを『客将軍府《アミーンルフ》』とするがよい」

このとき、ホサイン三世はたいそう気前がよかった。彼にしてみれば、いずれパルス一国を手にいれるための先行投資である。けちっている場合ではなかった。

かさねて「客将軍《アミーン》クシャーフル」が国王の厚意《こうい》に感謝すると、ホサイン三世は上機嫌で玉座にすわりなおした。

「近いうちに、其方をヒルメス王子に対面させてやろう。頼もしい部下ができて、ヒルメス王子もうれしかろうて」

「おお、ありがたく存じます。陛下のご厚意に酬《むく》いさせていただく術《すべ》もございませんが、ミスル国のために私どもパルス人が奉仕させていただく機会がございましたら、どうかお申しつけくださいませ。生命を惜しまず、ご恩返しをさせていただく所存でございます」

「うむ、期待しておるぞ」

ホサイン三世の前から退出すると、ヒルメスはブルハーンやラヴァンをしたがえて王宮の門へと歩いた。夜の涼気が地上までおりてきて、微風が頰に心地よい。

ヒルメスの年齢は、まだ三十代にはいったばかりである。ミスル国の王位を得るまでに十年、いや二十年かかったとしても、「老王」と呼ばれるほどの年齢ではない。

「それからがアルスラーンめと真の勝負だ」

心につぶやきながら、ヒルメスは全身にひろがる充実感に、久々のこころよさをおぼえていた。だが、ヒルメスが飛びこんだ時運《じうん》の河は、彼の予測よりはるかに速く流れていたのである。

第四章　谷にせまる影

I

山あいの道をぬけて谷間にはいると、色彩が一変した。それまでは灰色、褐色《かっしょく》、赤であったものが、緑一色になったのだ。

よく見れば緑も明暗濃淡《めいあんのうたん》さまざまなのだが、それと気づくのは、しばらく時間がたってからのことだ。涼風が頬《ほお》をこころよくたたき、鳴きかわす鳥の声や谷川の水音が耳をくすぐる。ほっとひと息ついて汗をぬぐうと、谷川の水音を頼りに道を下って、冷たい川の水で咽喉《のど》をうるおしたくなるだろう。

ファランギースとアルフリードは緑の楽園にいる。パルス中部、オクサス地方のなかでもひときわ緑と水にめぐまれたハマームルの谷だ。豊かな地下水が、いたるところで泉となって湧き出し、何十本もの川をつくり、森林と農牧地を育《はぐく》む。この谷では、貧しい庶民も、王都に住む国王《シャーオ》より快適な夏をすごすことができる、といわれている。

この谷では、パルスでも最高の葡萄《ぶどう》がとれる。暗紫色《あんししょく》のカランジャリー種、緑色のパルニャーン種である。当然のように、パルスでももっとも美味な葡萄酒《ナビード》を産するのも、この谷だ。

葡萄だけではない。冬には霜《しも》がおりるので、柑橘類《かんきつるい》は産しないが、桜桃《おうとう》、桃、林檎《りんご》、梨《なし》、ハルボゼなど、いずれも豊かに実り、それらを原料とした酒もつくられる。果物《くだもの》好きにとっても酒好きにとっても天国といえるだろう。

ふたりが馬を進めていくと、水辺の道に出た。清らかな谷川で、馬上から水底まで見とおせるほど水が澄んでいる。瀬音《せおと》もひときわ涼しげに耳をくすぐる。

「いいねえ、川の水が『飲んでくれ』といってるよ。ファランギース、水筒の水をつめかえていいだろ?」

「もうすぐご領主のお館に着くはず。よく冷えた麦酒《フカー》を出していただけるかもしれぬぞ」

「そうか、でもあたしはそんなに酒が強くないしなあ」

オクサスの領主ムンズィルは、アルスラーンにつかえる騎士ザラーヴァントの父親である。アルスラーンがまだ王太子であった時代、ルシタニア軍と戦うために諸侯に檄《げき》を飛ばしたことがあった。そのときムンズィルは自分が老病《ろうびょう》であったため、代理として、息子のザラーヴァントをアルスラーンの陣営に送りこんだのである。

ルシタニア軍は駆逐《くちく》され、ザラーヴァントは武勲をたてて王宮につかえる身となった。

アルスラーンは何かとムンズィルに配慮していたが、このたびそのムンズィルから女性の巡検使《アムル》を派遣してくれるよう、宮廷に要請があった。女神官《カーヒーナ》だけ五百人がつかえるアシ女神の神殿に、あやしい影が出没し、さまざまに怪異《かいい》がおこっている、という。そこでファランギースとアルフリードがオクサスまで出向くことになったのである。

「この際、ザラーヴァントもひさしぶりに帰省したらどうか」

アルスラーンがそうすすめたが、ザラーヴァントは首を振って辞退した。

「ありがたいお言葉ですが、それがしの部下どもは夏の休みもとらず、用水路の修復や道路づくりに励んでおります。工事が終了してから、部下とともに祭りを楽しみたく存じます」

いやに模範的な返答だったので、アルスラーンもうなずかざるを得ず、当初の予定どおりファランギースとアルフリードだけが十日の旅をしてオクサス地方に到着したのだった。

ふと、ファランギースが年少の僚友《りょうゆう》をかえりみた。アルフリードが急に笑いだしたのだ。

「何がおかしいのじゃ、アルフリード？」

アルフリードは笑いすぎて、涙をふきながら答えなくてはならなかった。

「いや、その、女神官《カーヒーナ》だけの神殿に出没するあやしい影というのが、もしギーヴ卿だったらと思うと……ああ、おかしい。もしそうだったらどうする、ファランギース？」

「そのときは、苦しませずに殺してやろう。それがせめてもの慈悲《じひ》というものじゃ。当人も本望《ほんもう》であろう」

「うん、それがいいね」

放浪癖のある美女好きの宮廷楽士の命運は、女性たちによって、かってにさだめられてしまった。

「それで、あたしはどうすればいい？」

「女神官《カーヒーナ》の見習いということで、いっしょに来てもらうといたそうか」

「おもしろそうだね、引き受けた」

アルフリードは手を拍《う》った。

「あたし、一度は女神官《カーヒーナ》のまねごとをしてみたかったんだ。いい機会だよ」

「ただ、すこし勉強はしてもらうぞ」

「勉強!?」

「女神官《カーヒーナ》としての作法《さほう》とか、祈禱《きとう》の台詞《せりふ》とか、神々の系図とか、まあそんなものじゃ。夕方から夜明けまで、徹底的にたたきこめば、何とか形もつこう。覚悟はよいな」

「よ、夜明けって、せっかくご領主の館に一泊するのに……」

アルフリードが、考えなおそうか、と考えたとき、川岸の方角で悲鳴があがった。

ふたりが見ると、女や子供たちが懸命《けんめい》に岸辺を逃げ走っている。対岸から馬を川へ乗りいれてきた七、八騎の男たちが、野卑《やひ》な声をあげて女たちを追いまわし、馬蹄《ばてい》で料理を踏みにじり、食器を蹴《け》散《ち》らす。先頭には若い体格のよい男がいたが、着ている服は絹で、どうやら身分の高い者と知れた。

「緑の楽園にも、無頼《ぶらい》の輩《やから》がいると見える」

ファランギースとアルフリードが、馬首をめぐらせたとき、無頼漢どもも馬をとめていた。

「じゃまするな！　蹴殺すぞ！」

芸のない粗暴な脅《おど》しの台詞《せりふ》がひびく。男たちの前に歩み寄った人物がいたのだ。均整がとれた背の高い人影で、手には長い棒をにぎっている。

それが若い女だとわかったのは、女の服を着ていたからだ。縁だけが青い白地の短衣で、ほとんど装飾性がない。年齢はアルフリードくらい、あるいはすこし上であろうか。

「また弱い者いじめかい、ナーマルド。大の男がなさけないことだね」

よくひびく声は、たしかに女のものだった。川の浅瀬に立ち、半円を描いて包囲してくる男たちを、恐れる色もなく見わたす。

「あんたさえいなけりゃ、この谷も楽園そのものなんだけどね。何人に大けがさせたら気がすむんだい」

ファランギースと似たような感想を口にして、若い女は棒を立てた。長さは三ガズ（約三メートル）ほど、堅《かた》い材質の木に水牛の革をはってあるようだ。

さえざえとした声で女はつづけた。

「どんな人間でも得意なものがひとつはあるというけど、それが弱い者いじめというのでは、あんたを産《う》んだご両親が歎《なげ》くだろうよ。とっととお帰り。でないと、この世にいないご両親にかわってお仕置《しおき》するよ、ナーマルド！」

ナーマルドと呼びかけられた若い男は、赤黒く変色した両眼に、兇暴な光をみなぎらせた。幅の広い剣を、腰の鞘《さや》から抜き放つと、他の七人がそれに倣《なら》った。

アルフリードが女神官《カーヒーナ》にささやきかけた。

「助けなくていいのかい、ファランギース。女ひとりに男八人だよ」

「いざとなれば助ける。だが、おそらく助勢《じょせい》は要るまい。あの者、たぶんわたしやそなたよりずっと強いぞ」

ファランギースの返答に、べつの音がかさなった。男どもの怒号と、馬蹄が水を蹴る音だ。

男どもは剣を抜いていた。本気で殺すつもりのようだ。はねあがる水しぶきに、剣のきらめきがまじって、不思議なほど美しい。

振りおろされた剣は、女の棒に払いのけられた。一瞬の間もなく、棒のもう一端《いったん》がはねあがり、男の顎《あご》の下に突きこまれる。男は声も出ず、鞍上《あんじょう》から転落して、高々と水しぶきをあげた。そのときすでに、ふたりめの男が斬撃《ざんげき》をかわされ、宙に弧《こ》を描いた棒に頸《くび》すじを一撃されている。

三人めは右手首を強打されて剣を取り落とし、四人めは前歯を打ちくだかれてのけぞった。五人めはこめかみを打たれ、六人めは鼻に打撃をくらって鼻血を噴《ふ》き出し、七人め……はみぞおちを突かれた。合計七つの水柱が川面《かわも》に立つと、七人の男が川の中に投げ出され、悲鳴をあげて水中でもがきながら逃げていく。

そのとき、八人めの男――ナーマルドと呼ばれる首領格の男が、憤怒《ふんぬ》と憎悪《ぞうお》に顔をゆがませ、女の後方にまわりこんでいた。振りかざした剣を、女の後頭部にたたきこもうとした、その一瞬、ファランギースが馬を躍らせ、水しぶきのなか、細身の剣を二閃《にせん》させた。一閃でナーマルドの右手から剣をはね飛ばし、二閃めは茫然《ぼうぜん》とする彼の咽喉《のど》もとに剣尖《けんさき》を突きつけて、背の高い女に問いかける。

「どうする？　この谷を永く静穏《せいおん》にすることもできるが」

背の高い短髪の女は、おどろきの表情をおさめると、苦笑まじりに頭《かぶり》を振った。

「そうしたほうがいいけど、そうもいかない。そいつは領主さまのご一族なんだ。領主さまはいいお人だから、悲しませるのはお気の毒だ」

「一族の無法を放置しておくのでは、いい領主とはいえないかもしれぬな」

いいながら、ファランギースは、ナーマルドの咽喉から剣尖を引いた。ナーマルドは呼吸をととのえながら、いそがしく眼球を動かして、ファランギースと背の高い娘とを交互ににらんでいたが、咆《ほ》えるように罵声《ばせい》をあげると、馬首をめぐらせて岸へ駆けあがった。

遠ざかる後姿《うしろすがた》を見送って、背の高い娘はファランギースに向き直った。

「わたしはレイラ。どうやら助けてもらったようだね。ありがとう」

「わたしはファランギース。男女を通じて、おぬしほどの棒術《ぼうじゅつ》の名人は、これまで見たことがない。感服いたした」

「おせじでも、ほめてもらえるとうれしいね。で、そちらは?」

視線を受けて、アルフリードはかるく胸をそらした。

「あたしはアルフリード。じつは……」

「そうかい、よろしく、アルフリード」

長々と名乗る前に、あっさり返されてしまった。

ファランギースは女性としては長身で、男性の平均身長をすこし上まわる。だがレイラはさらに背が高く、アルスラーン王やナルサス卿とおなじくらいだった。おまけに短髪で、陽《ひ》に灼《や》けた長い腕と脚を短衣からむき出しにし、骨格も筋肉もしっかりして、引きしまった身体つきなので、背の高い若い男のように見えるのだった。

レイラは長身をかがめて、冷たい流れに手を突っこんだ。引きあげられた壺から水滴がたれて、水晶のようにきらめく。

「飲むかい？」

「麦酒《フカー》か？」

「昨日から、水の湧くところに置いて冷やしてたんだ。凍る寸前さ。国王陛下《シャーオ》だって、こんなうまい麦酒《フカー》はお飲みじゃあるまいよ」

壺の蓋をあけると、レイラは、直接、口をあてた。咽喉《のど》を鳴らすように五口ほど飲むと、壺から口を離して大きく息を吐き出す。微笑して、壺をファランギースに差し出した。ファランギースも微笑して壺を受けとり、口をあてる。勢いよく、相手とおなじく五口飲んで、アルフリードにまわした。アルフリードは負けじと受けとって口をつけたが、二口めでむせかえって、壺をファランギースに返す。ファランギースが礼をいいながら壺を返すと、レイラは感心したようにファランギースを見て頭《かぶり》を振った。

「いい飲みっぷりだね、気に入った」

「おぬしこそな」

「どうやら旅のお人らしいけど、何のご用でこんな田舎《いなか》へ？」

「じつはな、所用があってムンズィル卿を訪ねてまいった。これから卿のお館へうかがうところじゃ」

「へえ、領主さまの」

レイラはかるく目をみはった。

「それじゃナーマルドとの争いに巻きこんで、悪いことをしたね。ナーマルドと顔をあわせたら気まずいだろう？」

平然として、ファランギースは首を横に振った。

「何、気まずいのは先方じゃ。わたしは何も気にしておらぬ」

「そうかい、それじゃ悪いついでにもうひとつ。これをナーマルドのやつに返してやっておくれよ」

先ほど、闘いのさなかにナーマルドの懐《ふところ》からこぼれ落ちたものだ、という。羊皮紙《ようひし》をかたく巻いて革紐《かわひも》で縛ってある、手紙のようなものを、レイラはファランギースに軽く放ると、背を向けた。右肩に棒をかつぎ、左手に麦酒《フカー》の壺をさげて歩き出す。肩ごしにちらりと振り向いて、

「領主さまのお館へは、左へ行って橋を渡るんだよ」

その一言を残して、森の中に姿を消していった。見送ったアルフリードが肩をすくめる。

「何者だろうね」

「先方もそう思っているであろうな」

女神官《カーヒーナ》は手中の巻物をじっと見つめた。

II

オクサスの領主ムンズィル卿の館は、谷のなかでももっとも大きい川に面した段丘《だんきゆう》の上にある。緑と花におおわれた広大な敷地は、陸に接した方角だけが白い石壁にしきられているが、川に面した方角はすっかり開放されていた。川面までおりる階段があり、岸には屋根つきの舟がつないであった。

ファランギースとアルフリードは、川と森を見はるかす二階の客室に案内され、そこで旅装《りよそう》を解いた。天蓋《てんがい》つきの大きな寝台がふたつ並び、床はみがきあげられた松材、壁には神々の狩猟のありさまを描いたタペストリー。専用の浴室までついた豪華な部屋で、テラスに開いた窓から吹きこむ風の涼しさは甘美《かんび》なほどだ。

果物の大皿と冷水の壺を運んできた侍女が告げた。

「主人《あるじ》は、お客人には宴席《えんせき》でお目にかかると申しております。それまで、ごゆっくりおくつろぎくださいませ」

「ご厚意かたじけない、と、ご領主にお伝えください」

侍女が退出すると、ふたりは、内開きの扉に小さな閂《かんぬき》をかけ、椅子《いす》を寄せかけ、椅子の上に荷物を置いた。まずアルフリードが入浴して旅の汗と埃を洗い流し、その間、ファランギースが浴室の扉の前にすわりこみ、剣をひざの上に横たえて警戒する。やがて交替し、ふたりとも絹と紗《しゃ》の祝宴用の服に着かえた。

これであとは侍女が呼びにくるのを待てばよいのだが、その前に、ふたりにはやっておくことがある。

「アシ女神もお赦《ゆる》し下さるであろう。他人の手紙をひそかに読む罪を犯すことになるが、精霊《ジン》どもが忠告するゆえ」

ファランギースは、レイラから渡されたナーマルドの手紙を開いた。正確には、何者かが、ナーマルドに送ってきた手紙である。しなやかな指先で、かたくしまった紐《ひも》を解くと、変色しかかった羊皮紙に細かく記されたパルス文字《アレフバー》の列が見えた。

「何と書いてあるの？」

「まず、差出人はクオレインとなっている。ミスルの暑い埃《ほこり》っぽい夏にはもう飽きた……どうやらミスルに亡命したパルス人のようじゃ」

「日付は？」

「今年の四月末日《まつじつ》となっておる。ミスルからこの地まで、手紙がとどくのにひと月はかかろう。それにしても、へたな字じゃな」

形のいい眉《まゆ》をわずかにしかめながら、ファランギースは本文を読みすすんでいったが、ある箇処《かしょ》にくると、確認するように読み返してから、ゆっくりとアルフリードに告げた。

「ザンデ卿が死んだそうじゃ」

「ザンデって、あの、たしかヒルメス王子の腹心の……」

こうして、アルスラーンの近臣《きんしん》たちのなかで、ふたりの女性が最初にザンデの死を知ることになったのである。

「この手紙によるとじゃ、ヒルメス王子とザンデ卿はミスル国内の亡命パルス人を糾合《きゅうごう》して、西からパルス国内へ攻めこもうとしていた。そのやさき、ザンデ卿が同棲《どうせい》していた女に殺された。いずれ自分がザンデ卿になりかわるゆえ協力せよ、というのがだいたいの内容じゃ」

「そりゃおかしいよ。四月といったら、ヒルメス王子はあの仮面兵団をひきいてシンドゥラ国を荒らしまわってたはず。おなじ時期にミスル国にいられるわけがない」

両国の間には、パルスの領土をはさんで四百ファルサング（約二千キロ）の距離がある。

アルフリードは腕を組み、あわただしく思案《しあん》をめぐらせた。

「シンドゥラ国にいたヒルメス王子が真物《ほんもの》なら、ミスル国にいたほうは当然、偽者ということになるね」

「ずっとミスル国にいたとしたらな」

「だとしたら、いったい誰がヒルメス王子になりすましてるんだろうね」

「ふむ、それもそうだが、誰がなりすましているにせよ、ザンデ卿の目をごまかせるものだろうか」

ファランギースも考えこんでしまう。

「ルシタニア国がパルス国を侵略したとき、ミスル国は中立を守った。ミスル国王の名はたしかホサインといったが、むやみに対外戦争するよりも内政を充実させる型の統治者であったらしい。それが昨年以来、しきりにパルスに対して、ちょっかいを出してくるようになったのじゃ」

「だとしたら、東のチュルク国あたりと西のミスル国とが手を結んで、東西からパルスを挟撃《きょうげき》する。そういう可能性もあるんじゃないか。危険だよ」

「おもしろい考えじゃな」

ファランギースはうなずいた。

「じつはわたしも、一時そう考えたことがある。だが現実にはむずかしかろうな。チュルクとミスルとが、陸上で連絡するとしたら、かならずパルスの国土を通過せねばならぬ。海上で連絡しようにも、チュルクは内陸の国で港がない……ま、このあたりの思案は軍師どのにおまかせするとして……」

ファランギースは指先で顎をつまんだ。

「この手紙を受けとったナーマルドを反逆者として公然と処断《しょだん》すれば、ムンズィル卿にも累《るい》がおよぶし、ザラーヴァント卿にまで傷がつくやもしれぬ。ここは秘密のうちに結着《かた》をつけて、アルスラーン陛下にご報告申しあげるしかないな」

「まあナーマルドとかいう奴をかたづけるのは、ちっとも良心がとがめないけどね。でも、心がけの悪い親戚《しんせき》ってものは、ほんとに迷惑だよね」

「友人は選べるが、親戚は選べないからな。ただ、正確なところはムンズィル卿ご自身にお目にかかってからでないと」

ファランギースは思い出す。ファランギースとアルフリードをハマームルの谷へと送り出すとき、国王《シャーオ》アルスラーンはいった。

「ムンズィル卿にお会いしたことはないが、ザラーヴァントのお父上だし、国にとっても私にとっても恩人だ。できるだけの手助けをしてさしあげてほしい」

軍師にして宮廷画家たるナルサスは、国王のかたわらにあって、やや皮肉っぽくつけ加えた。

「ムンズィル卿というお人は、もちろん悪人ではないが、自分が先頭に立つより他人にさせる、という傾向があるかもしれない。今回、巡検使《アムル》の派遣を願い出てきたのは、自分の手を汚さずに何かをしたい、という思惑《おもわく》があってのこと、とも考えられる。女神官《カーヒーナ》どのは、お好きなようにやっていただければけっこう。『すべて軍師の指示どおり』といってくだされば、あとは私が処置します」

そこで表情と口調が微妙に変化する。

「ま、それと、アルフリードのお傅《も》りを、申しわけないが、よろしくお願いいたします」

……いちおうアルフリードのことが気になっているらしい。ナルサスの表情を思い浮かべて、ファランギースは短く失笑《しっしょう》した。軍事や外交においてはあれだけ冷徹《れいてつ》・非情・辛辣《しんらつ》な策士が、ことアルフリードに関しては、ばかばかしいほど優柔不断《ゆうじゅうふだん》になる。特定の誰かを愛しているとか愛していないとかいうことではなく、家庭や結婚を自由の敵とみなしているからだろう。そういえばパルスには、妻に頭のあがらない男たちが好んで使うことわざがある。

「最高の結婚とは、実現しない結婚のことだ」

扉が外からたたかれ、宴のはじまりを告げる侍女の声がした。ファランギースは、アルフリードに声をかけた。

「では、ご領主にお目にかかるとしよう。すべてはそれからじゃ。アルフリード、果物など宴席にいくらでもあると思うぞ、指をふけ」

III

「愚息《ぐそく》がいつも王都でお世話になっております」

老貴族に深々と頭をさげられ、ファランギースとアルフリードは礼儀ただしく頭をさげて応じた。ムンズィル卿は六十代半ば、髪と髯《ひげ》は灰色になっているが、体格は堂々として、いかにもザラーヴァントの父親らしい。

「こちらこそ、ザラーヴァント卿のお働きには、いつも感服しております」

「いやいや、ザラーヴァントの奴め、図体《ずうたい》ばかり大きくなりおって、なかなか人間として成長しませんでな。さぞ皆さまがたにご迷惑をかけておりましょうが、悪意はなく、未熟なだけですのじゃ。大目《おおめ》に見ていただければありがたい」

老領主は柔和《にゅうわ》な笑《え》みをつくった。

「ごていねいに、おそれいります」

礼を返しながら、ファランギースは、やや距離を置いた視線で老領主を見やった。パルスでは、国王《シャーオ》のアルスラーンにしてからが、地位のわりに腰が低いのだが、このムンズィル老人は、どこまで本気でファランギースに頭をさげているのだろうか。

「そうじゃ、お客人に紹介しておきたい者がおりましてな。これ、ナーマルド、こちらへ」

声に応じて歩み寄ってくる人影を見て、アルフリードは目をみはり、ファランギースもわずかに眉をひそめた。

「ナーマルドと申しましてな、わしの兄の子で、ザラーヴァントの従弟《いとこ》でござる。これ、ごあいさつせぬか。こちらは国王《シャーオ》陛下のご信任あつい巡検使《アムル》のおふたり、女神官《カーヒーナ》のファランギースどのとアルフリードどのじゃぞ」

老領主ムンズィルの紹介を受けたのは、まさしく、谷川で、レイラという若い女にこらしめられた若い暴漢であった。

権威をかさに着て自己を肥大化《ひだいか》させるような型の人間は、より大きな権威の前にすくみあがる。ナーマルドという名の若者は、「国王《シャーオ》」と聞いてたじろいだようすだった。いまいましげにファランギースたちをにらむと、頬《ほお》をふくらませながら形だけ一礼する。ふたたびあげた目に、好色そうな光がよぎるのを、ファランギースは正確に見てとった。要するに人間としての底が浅くて、心の動きをことごとくファランギースに見ぬかれてしまうのである。

宴会がはじまった。老領主や客たちは、アルスラーンが侵略者たるルシタニア軍から王都を奪還《だっかん》し、王位についた後は奴隷を解放し、さまざまな改革をおこない、敵国に敗れたことがないことを賞賛した。だがいきなり大声がひびいた。

「新国王は貧民どもに甘すぎる!」

悪意をむき出しに、ナーマルドが、アルスラーンを非難したのだ。

ファランギースは静かに、アルフリードは憤然として、ナーマルドを見やった。ナーマルドは妙に演技めいたしぐさで、あらたな葡萄酒《ナビード》をあおり、酔眼《すいがん》でふたりの女性をにらんだ。アルフリードは、彼を軽蔑した。酒に酔うか、酔ったふりをするか、いずれにしても酒の力を借りねば何もできない男なのだ。

アルフリードの内心を知る由《よし》もなく、ナーマルドはまくしたてた。

「どれほど生活が苦しく、世の中が不公正だろうと、不満をいわず働いて税を納《おさ》め、国王のご命令ひとつで喜んで生命を投げ出す。それが国民《くにたみ》の義務だ。なのに新国王は、世の不公正をただすなどと称して、奴隷を解放し、貴族の正当な権利を奪い、パルスの伝統を破壊した。おれには失政《しっせい》としか思えぬ。いい気になっていると、いずれ足もとの大地がくずれ落ちるであろうよ」

「ファランギース……」

何かいってやってくれ、というアルフリードの表情をちらりと見て、ファランギースは瑠璃《るり》の杯を下に置いた。

「ナーマルド卿のご高説《こうせつ》、しかとうけたまわった。意見に耳をかたむけるのは王者の義務、いずれ陛下にご報告申しあげるといたそう」

そこで女神官《カーヒーナ》の口調に皮肉がこもる。

「ただし、その前にひとつうかがいたい。アルスラーン陛下がまだ王太子であられたころ、王都エクバターナを奪還するため、各地で兵を募《つの》られた。おぬしの従兄《いとこ》であるザラーヴァント卿は、生命を惜しまず、王都奪還の戦いに参加なさったのじゃが、そのころおぬしはどこで何をしておられたのじゃ？」

ナーマルドの酔った顔に、狼狽《ろうばい》の縞模様《しまもよう》が浮きあがった。アルフリードはわざと低い笑声をあげ、ひざをたたいた。

ファランギースとしては、ナーマルドの安っぽい意見に対して、まともに議論などする気はない。そもそも、えらそうに現在の国王《シャーオ》の政治方針を非難する資格があるのか、という返したのである。

老領主ムンズィルが、見かねたように口をはさんだ。

「ナーマルドは、そのころ、わしとおなじく病床《びょうしょう》にありましてな。残念ながら、募兵《ぼへい》に応じることができなかったのですじゃ。本人もくやしがりましたが、何と申しても病魔《びょうま》には勝てず……お責めくださいますな」

嘘をつけ、と、アルフリードは心につぶやく。ファランギースは微笑にさらなる皮肉をこめた。

「さようでございましたか。もちろん、あらゆる人間が戦場へ馳《は》せ参じねばならぬ、という法はございません。ご本人がご病気の場合はもちろんのこと、家族に病人がいるとか、他に働き手がいないとか、不義《ふぎ》の戦《いく》さに批判があるとか、正当な理由はいくらでもございます。ナーマルド卿がご病気とは、まことにお気の毒なことでしたが、ご病名は何と申されますか？」

「病名……」

ナーマルドが口ごもるのを見て、アルフリードが声高く嘲笑《ちょうしょう》した。

「決まってるさ、臆病《おくびょう》って名の病気だろ」

「アルフリード！」

ファランギースに鋭くきびしくたしなめられて、アルフリードは口をつぐんだが、激発《げきはつ》したのはナーマルドのほうだった。

「なまいきな女め！」

怒号すると同時に、肉を切るための短刀を大皿からすくいあげ、猛然と突きかかる。アルフリードの反応はすばやかった。立ちあがるのと身体を開くのが同時だ。ナーマルドの突き出した短刀は無人の空間をつらぬいた。

あとさき考えず、第一撃に全体重をかけたため、ナーマルドはたちまち身体の均衡を失った。大きく前のめりになる。とたんにアルフリードが両手の指を組み、両拳《りょうこぶし》をナーマルドの背中に思いきりたたきこんだ。

ナーマルドは奇声とともに肺の空気をいちどに吐き出した。目がくらみ、腰がくだけ、ナーマルドは並んだ酒や料理の上に倒れこむ。はでな音がして、皿や杯が砕《くだ》け、酒や肉汁が飛び散る。宴席の客たちはあわてて立ちあがり、礼服が汚されたことに怒りや歎《なげ》きの声をあげた。

アルフリードはナーマルドの肉の厚い背中を踏んづけてやりたいところだったが、さすがにそこまではできず、相談するようにファランギースのほうを見やる。

ナーマルドにあやまれ、といわれたら、アルフリードは納得しなかったであろう。だが老領主ムンズィルの体面《たいめん》をつぶしたのは明白《めいはく》な事実であったから、反論のしようがなかった。座にすわり、姿勢をただしてからムンズィルに頭をさげる。

「領主さまにおわび申しあげます。せっかく名誉ある宴席にお招きいただきながら、短慮《たんりょ》の至り、ご覧《らん》のような不始末《ふしまつ》をしでかしてしまいました。どのような処罰をこうむりましょうとも、つつしんでお受けいたします」

いざとなれば、アルフリードもこのていどの儀礼はできるのである。すかさず、ファランギースが声をかけた。

「アルフリード、領主さまよりのお沙汰《さた》をわたしがもたらすまで、部屋で謹慎《きんしん》していなさい。すぐこの場をさがるように」

「はい、そういたします」

他の誰もが、ひとこともいえないうちに、アルフリードはさっさと退出していった。あとはファランギースにまかせておけばいい。

ファランギースは老領主に、完全無欠な謝罪の辞を述《の》べたて、たくみに、アルフリードへの追及をふせいだ。

「いやいや、謝罪なさるにはおよばぬ」

老領主の表情は、歎いているのか苦々しく思っているのか、判断しがたい。

「そもそも和《なご》やかなるべき宴席において、客人に口論を吹きかけるなど、ナーマルドのほうが非礼のきわみ。おわび申しあげるべきは当家のほうじゃ。まことにもって……」

老領主ムンズィルは、大きく息を吐き出すと、宴席全体を見わたし、気まずそうな表情の客たちに告げた。

「今宵《こよい》の宴はこれまでとしよう。おのおの引きとるがよい。ナーマルドは自分の足では立てぬようだから、誰ぞ起こしてやれ」

客たちは老領主に一礼し、出口へ向かって動きはじめた。体格のよい従者がふたり、左右からナーマルドをかかえおこす。

「女神官《カーヒーナ》どの、さぞ興ざめとは存ずるが、まだ肝腎《かんじん》の話がすんでおらぬ。申しわけないが、ご足労いただいて、わしの書斎で話を聞いていただきたい。もうおひとりのほうにも、ぜひ」

こうして、アルフリードは、部屋にもどったとたんに呼び返されることになった。

Ⅳ

老領主ムンズィルの書斎は、絨毯《じゅうたん》を厚く敷きつめた、広い豪華な部屋であった。壁には獅子狩り《シール》の勇壮《ゆうそう》な光景を描いたタペストリーが飾られ、黒檀《こくたん》でつくられた卓《たく》や、絹ばりの椅子が配置されている。

すすめられてファランギースとアルフリードが椅子にすわると、老領主ムンズィルは自分も腰をおろした。彼が口を開くまでは、居心地《いごこち》のよくない沈黙がつづいた。

「……さて、何から申しあげるべきか。そもそもは、国王《シャーオ》の巡検使《アムル》たるおふたかたに、わざわざ来ていただいた理由を説明申しあげねばならんのじゃが、その前に思いきって、わしの家庭の内情をお話しいたそう。じつはあのナーマルドは……」

「思いきって」といいながら、老領主ムンズィルはいいよどんだが、めんどうになったようにファランギースがあとをつづけた。

「ナーマルド卿は、領主どのの甥《おい》ということになっていますが、じつはご子息でありましょう?」

「おお、お察しのとおりじゃ。さすがに巡検使《アムル》。見ぬいておられたか」

アルフリードは、おどろきの声をあげずによかった、と思いながら老領主の話を聞いた。

「わしにもちと打算がありましてな。息子たちのうち、ひとりにはここの領地を相続させ、もうひとりには王宮で栄達《えいたつ》させようと思ったのでござるよ。ザラーヴァントはわしの思いを察し、すすんで領地の相続権をナーマルドに譲り、戦いに赴《おもむ》いたのじゃが、そのときわしに向けた笑顔を、忘れることはでき申さぬ。生きのびても死んでも、もう帰ってこないから相続のことは心配するな。そう口には出さなんだが、わしにはよくわかり申した」

ザラーヴァントは、よくいえば豪快で闊達《かったつ》、悪くいえば粗野《そや》で能天気な青年であると思われている。その彼に、思わぬ一面があることを、ファランギースもアルフリードも、はじめて知ったのであった。

ファランギースが、静かだが強いまなざしを老領主にそそいだ。

「ザラーヴァント卿は、宮廷におけるご自分の地位を、ご自分で確立なさいました。戦闘では勇猛、いっぽうでは土木建築にも有能とのご評判。いっぽうナーマルド卿はいかがなのでしょう。まことに失礼ながら、ナーマルド卿は、ご自分の特権を当然のものと思っておいでのごようす。あのまま領主となられたのでは、領民たちが迷惑いたしましょう」

ファランギースの直言にうなずいて、老領主はこの夜、何度めかの溜息をついた。

「わしは次男でしてな、本来、父の領地は長男が、つまりわしの兄が受けつぐはずでござった。ところが兄が不慮《ふりょ》の事故で死んでしまい、領地の継承権がわしの手にころがりこんだのでござる。ずいぶんと蔭口《かげぐち》をたたかれ、いやな思いもいたしたゆえ、息子たちにはそのような思いをさせたくござらなんだ。母親のちがう兄弟ゆえ、いっそう公平にあつかいたかったのでござるよ」

老領主の回顧談《かいこだん》はなお延々《えんえん》とつづくところであったが、美しい女神官《カーヒーナ》は優雅な微笑で、話の流れを本題に引きもどした。

「お察しいたします。それで、領主どの、われら両名をわざわざお呼びになったご用件は何でございましょう。くわしいことは存じませんゆえ、うかがえればありがたく存じあげます」

「おお、そうじゃった」

老領主は大きくうなずき、アルフリードは内心で、アシ女神をはじめとするパルスの神々に感謝した。

「どうも年齢《とし》をとると、話がまわりくどくなっていかん。いや、すでにいちおう王都に報告させていただいた件じゃが、当地のアシ女神の神殿で、奇妙な失踪《しっそう》事件がおこりましてな。それも一度のことではないのですじゃ」

「失踪でございますか？　出奔《しゅっぽん》ではなく？」

自分自身の過去について想いをいたしたのであろう、ファランギースの瞳を薄い翳《かげ》りがかすめ去った。

「どうもそうではなさそうじゃ。そもそも、その神殿は英雄王カイ・ホスロー陛下の御宇《みよ》以来の伝統があってな」

「すると、その神殿は、ハッラールという名ではございませんか」

「おお、巡検使《アムル》どのはご存じで？　いや、それはうれしい。いまここで郷土自慢するのもちと不謹慎じゃがの」

「名前だけは存じております。不幸な境遇の女性を救恤《きゅうじゅつ》したり、若い女性に学問や手仕事を習得《しゅうとく》させたり、いろいろと有益な事業をしているとか」

「さよう、それでわしも多少の援助をさせてもらっておるのじゃが、この半年の間に女神官《カーヒーナ》やその見習いやら、あわせて三人の女性《にょしょう》が夜のうちに姿を消してしもうたのですじゃ」

まさに忽然《こつぜん》としかいいようがなく、人間が消えた以外には何ひとつなくなっていない。神殿には、財政をささえるための資金がたくわえられており、アシ女神への寄進もあって、かなりの金貨《デーナール》や銀貨《ドラフム》も置かれていたが、それらは無事だった。盗賊のしわざとも思えず、奇怪な失踪がくりかえされるにおよんで、こまりはてた神殿から捜査の依頼が老領主のもとにあった、という。

「女性ばかりの神殿ゆえ、男の役人をいれるのも、はばかりがござってな。それで王都へ連絡して、女性の巡検使《アムル》を派遣していただいたという次第ですじゃ」

「事情は承知いたしました。それで、ひとつうかがいとうございますが」

「何かな」

「その失踪した三人というのは、美しゅうございましたか？」

老領主は迷いを見せず、うなずいてみせた。

「さよう、美しかったそうな。ここにおられる巡検使《アムル》おふたりのように」

あらためてふたりを見やると、老領主は、ようやく具体的に説明をはじめた。


一夜がこともなく明けて、ファランギースとアルフリードはハッラール神殿をおとずれた。神殿は領主館からそれほど遠くはなかった。半ファルサング（約二・五キロ）ほどの距離で、糸杉の林と、清流を引きこんだ濠《ほり》とにかこまれた白い壁の建物である。

神殿の責任者である女神官長は、白い髪と血色のよい頬《ほお》とが目立つ老婦人だった。国王《シャーオ》アルスラーンの直筆《じきひつ》になる巡検使《アムル》の身分証明書は見せず、老領主ムンズィルの紹介状をしめしただけであったが、女神官長は疑う色もなく、ファランギースとアルフリードを迎えいれた。

「領主さまのお心づかい、ありがたくお受けいたします。おふたかたを頼りにさせていただきますよ」

「おそれいります。微力《びりょく》をつくす所存でございます」

「まあ昼間はとくに不穏《ふおん》なこともおきますまい。部屋に案内させますゆえ、荷物を置いてから、神殿の日課に参加してください。見習いの方《かた》、ここでは正式の女神官《カーヒーナ》と見習いとでは、権利も待遇もちがいます。よく心しておいてください」

こうしてファランギースは南向きの個室をあたえられ、アルフリードは北向きの六人部屋に放りこまれることになった。質素だが清潔な寝台の上に荷物を放り出し、「よろしく」と同室の五人に短く挨拶すると、アルフリードは窓から外をのぞいた。神殿の庭のようすを観察するつもりだったのだが、五人の見習い少女のささやきかわす声が背後からただよってきた。

「あのかた、二十歳すぎてまだ見習いなのですって」

「ふつう十七、八で正式に女神官《カーヒーナ》になれますわよね」

「お気の毒、適性がすこしたりないのかもしれませんわ」

「そういえば、お年齢《とし》の割に、ちょっと落ち着きがねえ」

アルフリードの眉が勢いよくはねあがった。女神さまのおひざもとでも、俗界《ぞっかい》とおなじく、新入りを的にした噂話《うわさばなし》は、かならず存在するものらしい。ひとつ呼吸すると、アルフリードは身体ごと振り向いて一喝した。

「いいたいことがあるなら、面と向かってはっきりいわんか、こらあ！」

少女たちのうちふたりはとびあがり、三人は立ちすくんだ。アルフリードは少年のように腕を組んで、一同をにらみすえた。

「人間に向かってはっきりものがいえなくて、神さまと人間の仲立《なかだ》ちがつとまるか。あたしはけんかはしても陰口《かげぐち》はたたかないぞ。神さまが、あんたたちとあたしと、どちらを嘉《よみ》したもうか、勝負してやろうじゃないのさ！」

「アルフリード、アルフリード」

苦笑まじりにたしなめる声がしたときには、見習いの少女たちは、開いた扉から仔《こ》ウサギの群みたいに逃げ出していた。扉の横に立つ人影を、アルフリードは認めた。ずばぬけた長身、強健《きょうけん》でしなやかな四肢、つい昨日、知り合ったばかりの相手である。

「レイラ、だったね」

「おぼえていてくれたかい。いや、新入りの噂をついさっき聞いたばかりなんだけど、アルフリードだったとはね」

「あんたも女神官《カーヒーナ》なの？」

「いやいや、あんたとおなじさ。いい年齢《とし》して、まだ見習い」

屈託《くったく》なく笑って、レイラは、玉葱《たまねぎ》を盛りあげた籠《かご》を軽々と肩にかついだ。動作のひとつひとつに無理がなく、柔軟で弾《はず》みと律動性がある。いざとなれば発条《ばね》がはじけるように力が爆発する。雌《めす》の獅子《シール》のようだ、と、アルフリードは感心した。それがわかるのは、アルフリード自身が若くして歴戦《れきせん》の強者《つわもの》だからである。

レイラのように、正式の女官にできないさまざまな実務を分担する者は、年齢や経歴などにかかわらず、神殿ではひとまとめにして「見習い」と呼ばれるのであった。

「いい年齢って、あんた、幾歳《いくつ》なの？」

「あたしはたぶん今年で十九歳になるはずなんだけど……」

アルフリードは一瞬のけぞった。

「えっ、あんた、あたしより年下なの!?」

今年十九歳になるというなら、国王《シャーオ》アルスラーンと同年である。アルフリードは、レイラが彼女と同年か、一、二歳上だと思いこんでいた。レイラがおとなびているのか、アルフリードが子供っぽいのか。

このことは、レイラも意外だったらしい。

「アルフリードは幾歳《いくつ》なの？」

「今年、二十一」

「そうだったの。それじゃあたしよりお姉さまだったんだ」

「お姉さま……ねえ」

「なれなれしくしてごめん、いや、ごめんなさい」

「いいよいいよ、気にしなくて。友達なんだしさ。あたしだってファランギースをお姉さまなんて呼びやしないもの。あたしのこともアルフリードと呼んでおくれ」

V

広い厨房《ちゅうぼう》の一角で、アルフリードはレイラを手伝って野菜を洗った。厨房のなかにも井戸があり、汲《く》み出すまでもなく、水が湧いている。冷たく清らかな水の感触を楽しみながら、アルフリードは、レイラから、この土地に関するさまざまな話を聞くことができた。何をするにしても、情報はひとつでも多く集めておかねばならない。

「ナーマルドは領主さまの兄君の息子だよ。以前は領主さまも、それほどかわいがっておいではなかったような気がするけどね。でも、そうだね、ザラーヴァント卿がこの谷を出られて二年ぐらいたつと……」

「いまから二年ぐらい前？」

「そうなるね。領主さまは大病《たいびょう》をなさって、ひと月ほどずっと寝ておられたんだけど、お元気になられてから、ナーマルドを引き立てなさるようになったみたいだ」

「何でだろう」

「さあね。ナーマルドが熱心に領主さまの看病をしたので見なおしたという話もあるけど、どんなものだか」

「ナーマルドの父親というのは？」

「なくなった領主さまの兄上というのは、一歳ちがいで、腹ちがいだけど双生児《ふたご》みたいにお顔が似ていたらしいね。でも性格は全然、似てなくて……」

「仲が悪かった？」

「らしいね。ま、その兄上がなくなったのはずっと昔のことだし、あたしも直接お会いしたことはないけど……」

他に尋《き》くべきことはなかっただろうか。アルフリードは思案して、すぐに思いあたった。

「そうそう、領主さまのご家族といえば、だいじな方のことを忘れてたよ。領主さまの奥方はどんなお人なの？」

レイラは、水にぬれた指先を、形のいいあごにあてて小首をかしげた。

「そうだね、とくに目立つお人ではなかったと思うけど……この一年ほど、まったくお館の外に出てこられなくて、誰もお姿を見てないんだよ。女神官長さまさえもね。ご病気かもしれないけど、正確なところはわからないね」

パルスでは、古来の習慣で、女性が貴族の宴席に姿を見せることはめったにない。ファランギースやアルフリードの場合は、領主に招待されたのであり、また国王《シャーオ》から公職に任命されているので、例外を認められているのだ。アルスラーン王の治政下《ちせいか》で、さまざまに改革が進められてはいるが、身分の高い女性のほうが、身分の低い平民の女性たちより社会の旧《ふる》い習慣に縛《しば》られてしまうというのも現実であった。

だから老領主ムンズィルの夫人が宴席に姿を見せなかったのは、べつに不思議なことではない。ファランギースもアルフリードも気にしていなかったのだが、「ここ一年以上、まったく姿を見せない」という話は、気にとめておく必要がありそうだった。

「……いま気づいたけど、あんた、いい腕環《うでわ》をしてるね。ずいぶん値打物《ねうちもの》だよ、それ」

レイラの左の手首に、銀製らしい腕環が光っている。複雑な意匠《デザイン》がほどこされているようだった。

「へえ、この腕環が値打物だってこと、アルフリードにはわかるのかい」

「いや、ま、その、ちょっとね」

アルフリードは言葉を濁《にご》した。彼女はゾット族の族長の娘で、幼いころはよく父親が掠奪してきた宝石や装身具《そうしんぐ》で遊んだものだ。だから、指環《ゆびわ》とか腕環とか首飾りとかに、けっこう鑑定眼《め》がきくのである。むろん、そんなことをうかつに口に出すわけにはいかない。

「神殿に寄進しようかと思ったんだけど、女神官長さまがおっしゃるには、あたしの身元を知るための重要な手がかりだから肌身はなさず持っていたほうがいいからって……」

レイラの話によると、彼女は赤ん坊のころ、この神殿の門前にすてられていたのだ、という。彼女ひとりではなく、他にもふたり、同様の赤ん坊がいて、三人ともに銀の腕環がそえられていた。そのことを、十五歳になってレイラは女神官長から聞かされ、あずかっていた腕環を渡されたのだという。アルフリードはあらためて腕環を見せてもらった。雄《お》牛《うし》にまたがった若者が、雄牛の首に短剣を突き刺しているという、かわった意匠である。

「あんたをふくめて、その三人というのは姉妹だったの？」

「さあ、それがわからないのさ。出生証明書があったわけでもないし、五歳までに離ればなれになってしまったからね。じつは顔もよくおぼえていない」

苦笑して、レイラは頭《かぶり》を振った。

「いま再会しても、誰だかわからないだろうね。それどころか、とっくに会っているのに、わからないままでいるのかもしれない。まあ、あんまり過去のことを気にしてもしかたないしね」

「このままずっと神殿にいて、女神官《カーヒーナ》になるのかい？」

「そうだね、身分は見習いのままで女神官《カーヒーナ》たちのお世話をするのも意義のあることだとは思ってるけど、まだはっきりとは決めてない」

そのときレイラを呼ぶ女神官《カーヒーナ》の声がして、彼女は立ちあがり、話は打ちきられたのであった。


夜になった。

昨夜とおなじく、涼気《りょうき》に満ちた心地よい夜であった。神殿の夕食はごく質素なものであったが、土地柄であろうか、さまざまな果物が大量にそえられており、正式の女神官《カーヒーナ》には葡萄酒《ナビード》も出されるという。

アルフリードは全身で溜息をつきたそうな表情である。どのような職業でも、見習いというものは楽ではない。女神官《カーヒーナ》とて例外ではなかった。アシ女神に対して八十種類にわたる祈りの言葉をとなえながら、窓をふき、床をみがく。まちがえたら、棒で打たれることはないが、空《から》の桶《おけ》をかかえて一番遠くの井戸まで走り、水を満たしてもどらねばならない。羊や鶏《にわとり》に餌《えさ》をやるときも、皿を洗うときも、祈りは欠かせない。新人教育を担当する中年の女神官《カーヒーナ》が、容赦なく宣言する。

「はい、アルフリード見習い、最初からもう一度やりなおし！」

十万の敵軍めがけて突っこむほうが、はるかにましだ。アルフリードは心から願った。一日も早いところ、あやしい人影なるものが出現してほしい、と。そいつをやっつけて、一日も早く王都へ帰り、「あたしのナルサス」に功名譚《てがらばなし》を聴《き》いてもらうのだ。

「そうつごうよく、最初の夜から事件はおこるまい。まあ十日ほどは忍耐して、修行につとめることじゃな」

苦笑をこらえてファランギースがさとし、アルフリードは深く深く落胆《らくたん》したのであった。

ところがその夜半に、事件はおこったのだ。

後日《ごじつ》になって、アルフリードは、「あたしの苦労をアシ女神が憐《あわ》れみたもうたんだよ」と主張したが、エラムの意見はちがった。「アルフリードの女神官《カーヒーナ》としての才能の無さに、アシ女神があきれはてたまい、一日も早く神殿から追い出そうとなさったのさ」と唱えた。

ファランギースはというと、「神々の御心《みこころ》は、人知のおよぶところにあらず」というだけで、論評を避けたものである……。

「あー、もう、こんな苦労までして女神官《カーヒーナ》になりたいなんて、あんたたちも物好きだねぇ。ほかになりたいものはないのかい」

不信心《ふしんじん》な台詞《せりふ》を、アルフリードは同室の少女たちに投げつけたが、少女たちは頭から毛布をかぶって無視を決めこんでいる。

同室の少女たちは、ほどなく寝静まった。消灯後はよけいなことを考えず、すぐに眠るというのも、女神官《カーヒーナ》としての修行のひとつである。それに加えて、夜明けとともに起きて祈禱《きとう》し、働きはじめるのだから、さっさと眠らないと身がもたないのだ。

むろん本気で女神官《カーヒーナ》になる気のないアルフリードは、器用に音をたてず寝台のなかで着かえると、すばやく部屋の外へ出た。帯には短剣《アキナケス》を差しこんでいる。

廊下では、すでにファランギースが服装をととのえて待っていた。彼女は個室を与えられているから、他人に気がねなく身仕度ができたのである。

「さあて、どこからどう調べようか」

アルフリードは張りきったが、ファランギースは冷淡なほど落ちついていた。

「あまり逸《はや》るでない。昼間にもいったと思うが、いつ何が起こるやら、予定はたたぬ。ただ待つだけの夜が、当分はつづくであろう……いかがした、アルフリード?」

アルフリードの視線が、美しい女神官《カーヒーナ》の肩ごしに流れたのだ。

「いや、ファランギース、当分って、ずいぶん短い間なんだね」

振り向いたファランギースは、無言でアルフリードの手をとり、すばやく壁の角に身を隠した。

壁の一部が動いた。

それは幅一ガズ（約一メートル）、高さ二ガズほどの部分で、上下左右を木の枠《わく》でかこまれ、タイルが貼ってあった。タイルはさまざまな色に彩色され、アシ女神の姿が浮かびあがるような細工がされていた。昼の間に、ファランギースもアルフリードも目にしていたが、アシ女神の神殿にアシ女神の画像があるのは当然なので、とくに気にかけなかったのだ。

「なるほど、アシ女神の御姿があれば、誰もかるがるしく触れようとはせぬ。かりにたたいてみたところで、タイルが貼ってあったのでは、音で空洞があるとはわからぬ。奸智《かんち》の産物じゃな」

なめらかに、秘密の扉は開いて、ひとりの男が姿を見せた。顔を黒い布でおおって両眼だけを出し、左手に革紐の束をつかんでいる。この半年間に、三人の女性をかどわかした犯人であること、疑いたくとも疑いようがなかった。

「ギーヴではないな。あの男ならずうずうしく素顔で犯行におよぶであろう」

「何者だろうね」

「すぐにわかる」

男は周囲を見まわすと、足音をころして数歩あゆんだ。その動作を見て、ファランギースはひややかに論評した。

「隙だらけじゃな。いままで失敗したことがないので、油断してもいるのであろう。それにしても、とうてい武芸に通じているとは見えぬな」

「あたしたちに気づかないのかな」

「見るがいい、布で耳まで隠している。あれでは、わたしたちのささやきに気づきもすまい。それもまた未熟と軽率《けいそつ》の証拠じゃ」

男は壁の松明《たいまつ》の前に差しかかった。影が後方に伸びる。後方から忍び寄ったファランギースの影も、さらに後方に伸びているから、男は気づきようもなかった。

黒い布が宙に舞った。

男は絶叫しかけて、さすがに口をおさえた。革紐の束が床に落ちる。すさまじい形相《ぎょうそう》で振りかえり、ファランギースの姿を見て立ちすくんだ。

美しい女神官《カーヒーナ》は、一瞬で巻きとった黒い布を手に、形のよい眉をわずかにしかめた。

「ナーマルド！　出来の悪い甥《おい》じゃないか」

おどろきの声をあげたのはアルフリードだ。

老領主ムンズィルの甥ナーマルドは、混乱しきったようすだったが、うなり声をあげながら後退していった。ファランギースが懐《ふところ》から紙をとりだして、ナーマルドにしめした。

「ちょうどよい、これを返しておこう」

「……!?」

「ミスル国にいる友人からとどいた手紙であろう。誤解されるような内容ゆえ、もっとたいせつにあつかうがよかろうぞ」

ナーマルドの顔色が紫《むらさき》になった。この期《ご》におよんで、あわただしく懐や袖口《そでぐち》をまさぐる動作が、あわれになるほどの無能さをしめしている。

「叔父上《おじうえ》がいかに心配りなさっても、当人がこのありさまではな。甲斐《かい》がないというものじゃ。陰謀をめぐらせるのは誰にでもできるが、成功させるには、せめてもうすこし思慮が必要に思われるぞ」

ナーマルドは身をひるがえした。そう表現するのはためらわれるほど鈍重《どんじゅう》な動きだったが、距離があったので、すばやく飛びかかったアルフリードの短剣を、かろうじて受けずにすんだ。だが、むろん扉を閉ざすだけの余裕はなく、そのまま闇の奥へと逃げこんでいく。

「待て、アルフリード、罠かもしれぬ」

あまりにつごうよく事が運びすぎる。ファランギースは危惧したが、すでにアルフリードはナーマルドを追って扉の向こうへと走りこんでいた。

アルフリードなりの計算があってのことだ。いくらでも不審な点はあるが、それはナーマルドをとらえて尋問《じんもん》すればよい。罠だとしても、ナーマルドを人質にすれば、脱出するのはむずかしくないはずだ。ここでためらえば、解決が先送りになるだけである。

「明日になってナーマルドを別の場所で尋問しても、しらを切られればどうしようもない。領主さまの前で思いきったこともしづらいし、神殿への不法侵入ということで、この場でつかまえてしまうのが最善だよ」

「なるほど、一理ある」

追いついてアルフリードの腕をつかんだファランギースは、早口の説明を受けてうなずいた。だが何分《なにぶん》にも、扉の奥の闇は深く濃密《のうみつ》で、アルフリードも進むに進めず、すぐファランギースに追いつかれてしまったほどなのだ。

いったん廊下にもどって、ふたりは壁の松明《たいまつ》をそれぞれ手にした。ふたたび扉の奥へと進む。足もとには、切り出されたままろくに加工もされていない粗《あら》い石材が敷かれていた。裸足《はだし》ならたちまち足の裏が傷つくにちがいない。

かすかに音がするのはナーマルドの足音であろう。よほどこの通路を歩きなれているようだ。高さも幅も二ガズ（約二メートル）ほどの石づくりの通路は、分岐点もない一本道で、かなり長い間ふたりは黙々と闇のなかを進んだ。

細い光の線が壁面から洩れている。通路はまだ先に伸びているが、途中にも出入口があるのだろうか。ファランギースは壁に手をあててみた。おどろいたことに、それはやわらかい感触で揺れた。ファランギースはそれをつかんでそっと動かし、隙間からのぞきこんだ。どこかで見た光景だ。ファランギースはそっと息をついた。そこは前日、招《しょう》じいれられた老領主ムンズィルの書斎であった。

VI

「あのタペストリーの裏側が、秘密の通路の入口のひとつになっていたとはねえ」

アルフリードが歎声《たんせい》をあげた。ファランギースは思案をめぐらせた。

「貴族の城館《じょうかん》に秘密の通路があるのは、べつにめずらしいことではない。問題は、当主のムンズィル卿がこのことをご存じだったか、ということじゃ」

「まるっきり知らなかったってことは、ないんじゃないかなあ。自分の家のことだよ。そりゃ、ま、小さな家じゃないし、自分で建てたわけでもないだろうけどね」

証拠なしに推測をつづけてもしかたないので、ふたりはしばらく黙ってさらに足を運んだ。松明《たいまつ》の灯《ひ》は、空気の流れを知るためにも必要だが、暗闇からそれを目あてに矢でねらわれる恐れもある。どちらにころぶかわからない。それにしても、この通路はどこまでつづいて、最終的にはどこへ出るのか。

「……何の音だろうね」

「そなたにも聞こえるか、右の方向じゃな」

硬いものがこすれあう不快な音だった。硬いものはそれぞれ質がちがうようで、一方は金属、一方は石のようだ。ふたりが右へ方向を転じると、進むにつれ、不快な音は大きく、はっきりとしてきた。松明の火影《ほかげ》を受けて、ファランギースとアルフリードはうなずきあった。

石の床に鎖《くさり》が鳴る音だ。人か獣《けだもの》か知れぬが、何かがこの地下道に囚《とら》われている。

悪臭がただよい、うめき声が流れてきた。人だと確信できるまで、しばらく時間が必要だった。それほど獣じみたうめき声だったのだ。

やがて松明の灯に照らし出されたのは、ぼろをまとった老人であった。枯死《こし》しかけたポプラのように痩せおとろえ、白い髪が肩の下まで波うって伸びている。顔は下半分がひげにおおわれているようだが、よく見えないのは、壁のほうを向いているからだった。右の手首と左右の足首に鉄の鎖《くさり》が巻きつき、人頭大《じんとうだい》の鉄球につながっていた。

「そなたは何者だ？」

ファランギースのきびしい誰何《すいか》に、老人は弱々しく答えた。その答えは、アルフリードを仰天させ、絶句させるものだった。

「……わが名はムンズィル。この土地の領主じゃ。其方《そのほう》たちこそ何者か。いよいよわしを殺しにまいったのか」

老人は緩慢《かんまん》な動作で振り向いた。白く乱れた髪の下に、老人の顔を確認したとき、アルフリードの手にした松明が揺れた。

老人の両眼は黒ずんだ穴だった。何者かが老人の両眼をえぐりとったのだ。たとえ闇のなかに幽閉されていなくとも、老人はこのさき永遠に暗黒のなかに置き去りにされて、光を見ることはかなわぬ身なのであった。

「ファランギース……」

呼びかけるアルフリードの声に、困惑と同情がこもる。事情がどうであれ、この怪異な老人が虐待されていることはたしかだから、とりあえず助けてやりたいのだ。充分に彼女の心を読んで、だが、ファランギースは静かに頭《かぶり》を振った。

「アルフリード、わたしもこの御仁を助けて進《しん》ぜたいが、素手《すで》で鎖を断《た》つ術《すべ》はない。せめて苦痛だけでもやわらげてあげるといたそう」

一人前の女神官《カーヒーナ》であれば、医療や薬草学についても、ひととおりの心得がある。ファランギースは懐中《かいちゅう》からひと包《つつ》みの粉薬をとり出した。バンデジャンという草の汁をしぼって乾燥させ、香料をまぜて粉にしたもので、苦痛をやわらげる効果がある。

包みを開いて老人の口もとにあてがうと、老人は赤黒い舌を伸ばしてそれをなめた。ほどなく老人の表情がゆるむのを見て、ファランギースはあらためて話しかけた。

「ご老人、そなたがムンズィル卿と名乗るのはかってじゃが、さて、そうなると、わたしたちがお会いしたムンズィル卿は何者ということになる」

「それは……」

「それは？」

「それは偽者じゃ。わしこそ真《まこと》のムンズィルじゃ。わしのいうことを信用せぬのか？」

美しい女神官《カーヒーナ》は、かるく吐息《といき》した。

「ミスルもパルスも偽者ばやりのご時勢《じせい》と見える。いや、こちらのことだが、ご老人、そなたが真のムンズィル卿だという証拠はおありか？」

老人はうなり声をあげた。老人に同情しているアルフリードでさえ悪寒《おかん》をおぼえるような、負《ふ》の感情にみちたうなり声であった。

「おお、証拠はない、残念ながら。わしをここからつれ出してくれ。彼奴《きやつ》と対決させてくれ。さすれば、彼奴の正体を、わしがあばいてくれる」

「正体とは？」

返答に間があった。

「彼奴はわしの兄なのだ」

ファランギースは眉をひそめただけであったが、アルフリードは声も出ない。

「……だが、ムンズィル卿の兄上は、ずっと昔になくなったはず。だからこそ、ムンズィル卿は次男でありながら、領主の地位を獲得できたのではないか」

「それは……そういうことになっていたのじゃ」

「事情をお聞かせ願いたい」

老人は、ひからびた唇を閉ざした。その唇が動かないのに、男の声がひびいた。ファランギースとアルフリードの背後から。

「そやつの口からいえるわけがないわ」

毒液のしたたるような声に慄然《ぞっ》としながら、アルフリードは振り向く。松明《たいまつ》の灯を受けて赤く染まった顔は、この日の朝まで「ムンズィル」と名乗っていた老人のものであった。

第五章　妖雲群行

I

人間の顔というものは、目や鼻や口の形だけで成立するものではない。それらの造作《ぞうさ》が表情と一体化して、はじめて個性を持った顔になるのだ。

そのことをアルフリードは身にしみて思い知った。いま彼女の前に立つ「ムンズィル卿」の顔の、何と兇々《まがまが》しいことであろう。

領主館で対面した「ムンズィル卿」は温和《おんわ》で礼儀ただしい一方、優柔不断さも目立つ老貴族であった。だが、いま、ファランギースとアルフリードの前に立ちはだかった人物は、顔の造作だけはムンズィルのものであっても、表情はまったく別の人格をあらわしていた。

平服だが、腰には刃幅《はば》の広い剣をさげている。どのていどの剣士であるかは知れないが、ファランギースとアルフリードのふたりを相手どるのは困難であろう。彼の背後には、武装した数十人の兵士がひかえているかもしれない。そう思って、アルフリードは闇《やみ》の気配をさぐったが、甲冑《かっちゅう》のひびきもなく、兵士たちの息づかいも感じられなかった。「ムンズイル卿」はひとりでここへ来たようだった。

「くりかえすが、そやつの口からいえるわけがない。そやつの犯した大罪を告白することになるのだからな」

自信満々の態度、邪悪にかがやく両眼、毒を吐きつけるような口調。いまや「ムンズィル卿」は、はばかるものもなく、正体をあらわしたと見えた。

「ムンズィル卿、と、そうお呼びすればよろしいのかな」

わずかな皮肉をこめて、ファランギースが静かに応戦を開始した。

「何しろ、わたくしどもは事情に昏《くら》い。いずれのご老人が真のムンズィル卿であるか、判断しようにも材料がすくなすぎる。かさねてお尋ねするが、あなたをムンズィル卿とお呼びしてよろしいのか」

「せっかくだが、よろしくない。虚妄《きよもう》にみちた地上とちがって、地下は真実の世界。こやつの申したとおりでな、わしはこやつの兄にあたる者じゃ」

鎖《くさり》につながれた老人に指が突きつけられた。

「こやつはな、兄たるわしを地下深くに幽閉し、死んだことにして、まんまと領主の地位を奪いおったのよ。わしの地位を奪い、わしの人生を奪い、わしの名誉も未来も奪いおったのだ」

昨夜まで「ムンズィル」と名乗っていた老人の口から唾《つば》が飛んだ。その唾には、憎悪と激情の毒がこもっており、床に落ちたとき白煙をあげないのが不思議なほどだった。

男たちの激情ぶりにくらべ、女たちは冷静だった。ファランギースはもとより、アルフリードも、おどろきと嫌悪感が飽和《ほうわ》状態になってしまうと、すうっと昂奮が退《ひ》いて、醒《さ》めた目でふたりの老人を観察する気になった。見知らぬ土地の地底で、危険な事態に直面しているのだ。冷静にならなくては、この危地《きち》から脱出することもかなわぬ。ファランギースもアルフリードも、幾度となく死線《しせん》をくぐりぬけてきた身であったから、そのことをよく承知していた。

「どうも複雑すぎて当惑《とうわく》を禁じえぬ。この場におられるおふたり、おひとりはムンズィル卿だとして、もうおひとりは何とお呼びすればよろしいのかな」

「そうだよ、この際だから堂々と名乗ってほしいもんだね。偽《にせ》のムンズィル卿、じゃ、形がつかないだろ」

ふたりの女性は、真相に近づくと同時に、時間もかせごうとしたのだ。その思惑《おもわく》を読んでのことかどうか、昨夜までムンズィルと名乗っていた老人は、傲然《ごうぜん》と胸をそらして答えた。

「わが名はケルマイン。ムンズィルの兄で、オクサスの正統の領主である」

その声を聞いて、苦悶と憤怒のうめき声をあげたのは、鎖につながれていた老人だった。衰弱しきっていた身体のどこに、そのような力がひそんでいたのか。激しく鎖を鳴らし、声の主めがけて躍りかかろうとする。むろん無益な行為だった。

「おお、まだそれだけの気力があったか。よしよし、そうでなくては生かしておいた甲斐がないわ。もっと苦しみもがいて、兄たるわしを楽しませてくれ、弟《ゼムゼム》よ」

ケルマインと名乗った老人が、地下道の壁を震わせて笑った。

「他人に聞かせるためだけの笑いは、長くつづくものではないぞ」

ファランギースの声に、ケルマイン老人の笑いは急停止した。

「腹の底からの笑いではなく、口先だけのものゆえな。息も声も、すぐにつづかなくなるのじゃ。それはさておき、ケルマイン卿、いちおう貴族であられるらしいゆえ、卿と呼ばせていただくが、弟御《おとうとご》に領主の地位を奪われたには、相応《そうおう》のご事情がおありのはず。あなたが、ご自身の行為を正しいとお思いなら、堂々と説明していただきたいものじゃ」

ケルマインが猜疑《さいぎ》の視線でファランギースをえぐったが、美しい女神官《カーヒーナ》は平然としてつづけた。

「いや、他人にはいえぬほどはずかしい、なさけない事情なら、あえて聞こうとは思わぬが……ま、単に兄が弟に才幹のうえで負けた、というだけのことであろうな」

「だまれ！」

ケルマインが一喝する。こめかみに青く紐《ひも》のような血管が浮きあがっていた。松明《たいまつ》の灯にそれを認めて、アルフリードは心にうなずく。ケルマインの猜疑心は、怒りによって吹きとばされてしまったのだ。

「わしは兄というだけでなく、すべての面でムンズィルめよりすぐれておったのだ。だからこそ、何ひとつ波乱なく、父は長男たるわしを後継者にしたのだ。陰険なムンズィルめは、心に毒刃《どくじん》を秘めながら、機会をうかがっておったのよ」

憑《つ》かれたように、ケルマインは弟ムンズィルの「悪事」をあばきつづけた。

父が病床につくと、ムンズィルは兄の地位を奪うために策動《さくどう》を開始した。口ではしきりに兄に対する忠誠を強調し、すっかり油断させておいて、山地への遠乗りにつれ出したのだ。

こころよく汗をかいたケルマインは、弟にすすめられ、革袋《かわぶくろ》につめられた麦酒《フカー》を飲みほした。妙に苦い、と思ったとき、手と足から力がぬけ、意識が闇に墜《お》ちた。

「ふたたび意識をとりもどしたときには、この地底にいて、鎖につながれておった。いまのこの男のようにな。わしは救いを求めて叫んだ。咽喉《のど》が破れて血を吐くに至ったとき、この男がやって来た。薄笑いを浮かべ、白と黒の喪服《もふく》を着た姿でな。そしてぬかした――

いまあなたの葬式をすませてきたところです、兄上、となケルマインは馬ごと谷に墜ちて死に、遺体は獅子《シール》に食われた、ということになっていたのだ。長男の死に衝撃を受けた父は、急速に衰弱して、ひと月ほどで世を去った。次男のムンズィルがあたらしい領主となった。

語りつづけるケルマインの顔に、憎悪の縞模様《しまもよう》が浮きあがっていた。激情のあまり歯を嚙《か》み鳴らす。

「わしは何度、自殺しようと思ったかしれぬ。舌をかんでもよし、石の壁に頭をたたきつけてもよし、食《しょく》を絶って餓死《がし》してもよかった。だが、そのたびに、こやつはわしを脅迫しおったのだ。わしが死んだら、ただちにわしの子を、ナーマルドを殺す、とな」

「よほどに憎まれたものじゃな」

「わが弟ながら、心底からねじ曲がった奴。わしは死ぬこともかなわず、いつか正義がおこなわれることだけを頼みに、二十年の歳月を生きぬいたのじゃ」

「なるほど」

ファランギースはうなずいてみせた。

「事故をよそおって地下に幽閉され、領主の地位を奪われ、二十年にわたって辛酸《しんさん》のかぎりをなめた。そなたは、憎むべき弟に復讐したというわけじゃな」

「復讐ではない」

「では何だというのじゃ」

「正義の裁きだ」

自信にみちて、ケルマインは断言する。ムンズィルはといえば、気力を費《つか》いきったのであろうか、弱々しい呼吸をくりかえすばかりで、反論しようとしない。

「ムンズィル卿のご夫人を、一年前に殺したのも、正義の裁きか」

ファランギースの声に、ケルマインは目を光らせた。

「ほう、そのようなことも存じておるのか」

「あるいは、と思っただけじゃ。いかに顔が似ていようと、妻が夫と別人を見あやまるとは思えぬ。最初は重病のために人が変わったかと思っても、しだいに不審が募《つの》り、疑惑が育《はぐく》まれていくであろうからな」

アルフリードは心にうなずいた。彼女も聞き知っていたことだ。ムンズィルの妻が長いこと館の外に姿を見せない、と。おそらく彼女は別人が夫になりすましていることに気づき、口封じのために殺されたのであろう。

「ということは、ザラーヴァント卿はこの男に母親を殺された、ということになるのか」

アルフリードは思ったが、そうではなかった。ザラーヴァントの母親はずっと前に死去し、ムンズィルは後妻をめとったのだ。ザラーヴァントが故郷を出て帰らない理由は、父の後妻に対して遠慮があったからである――とは、後日になって知らされたことだ。

何度めのことか、ケルマインが狂気をこめた笑い声をひびかせた。

「わしのことを、慈悲深いといってくれてよいぞ。わしはあの女を、ムンズィルの後妻めを、苦しめずに殺してやったからな。本来なら仇《かたき》の片割《かたわ》れ。石灰《せっかい》の穴に生き埋めにしてやってもよかったのだが、この手で絞め殺してやったわ。鶏《にわとり》より簡単に息をしなくなったぞ」

ファランギースとアルフリードは、ケルマインが慈悲深いとは思わなかった。問題は、ケルマインが生まれつき残忍な男であったか、復讐心によってそうなったのか、ということであった。

II

「それで、そなたはどうやって二十年にわたる幽閉から脱し、弟に対して復讐をとげることができたのじゃ？　後学《こうがく》のためにぜひ知っておきたい」

「あたしも、ぜひ知りたいね」

問いかけに対して、ケルマインははじめていいよどんだ。

「それは……うむ、それはわしの長年の苦しみにくらべれば、とるにたりぬことじゃ」

「ふうん、でも正義の裁きがどうとかいうなら、自由の身になったあと、国王《シャーオ》アルスラーン陛下に訴え出ればよかったのさ。きっと公正な裁判をしてくださったろうよ。何でそうしなかったのさ」

アルフリードが話題を変えてみせると、ケルマインの舌はふたたびなめらかに動き出した。

「アルスラーン？　ふん、あんな未熟な青二才に、何ができる。わしはあんな奴をあてにしたことは一度もない。いや、先代のアンドラゴラス王とて、わしを救ってはくれなんだ。国王《シャーオ》などに何の価値がある」

ケルマインの舌に狂熱がこもった。

「わしには、アルスラーンなどよりはるかに強力で頼もしい味方がいるのだ。いや、おられるのだ。わしはその御方《おかた》に、至尊至高《しそんしこう》の存在に、忠誠だけでなく生命すらもささげると誓約《せいやく》したのじゃ」

偽領主ケルマインの口調と、言葉の内容とが、ファランギースに悪寒をおぼえさせた。彼女はするどく闇に視線を放ち、剣の柄《つか》に手をかけながら問いかけた。

「誰のことじゃ、それは？」

「それは……」

いいさしてケルマインは口を閉ざした。不自然というしかない態度を見て、アルフリードが別の角度から質問をあびせる。

「いくらムンズィル卿にすりかわったところで、ザラーヴァント卿の目をごまかせるわけないだろう？　いくら似ていたって、実の子が父親を見あやまるわけがない。現に、夫人だってそうだったんだから」

「そんなことはかまわぬ。どうせザラーヴァントの奴は殺すのだからな」

「へえ、どうやってさ。ザラーヴァント卿はけっこう強いよ」

「お前たちが知る必要はない」

ケルマインは吐きすてた。

かわりにファランギースが口を開く。

「アルフリード、だいたいのことはこのわたしにもわかる。このおぞましい復讐者は、口《こう》実《じつ》をもうけて、まずわたしたちを呼び寄せたのじゃ」

ケルマインは沈黙している。目の動きが狡猾《こうかつ》だった。それを観察しながら、ファランギースはアルフリードに対して説明をつづけた。

「そして、わたしたちを奇妙な状況のなかで殺害し、死体を隠してしまう。国王《シャーオ》の近臣がふたりそろって姿を消してしまったとあっては、ザラーヴァント卿が責任を感じ、調査のために故郷へ帰ってくるのは必定《ひつじょう》。谷の入口にでも兵を伏せ、不意に矢をあびせかければ、いかにザラーヴァント卿が勇猛であろうと、まず討ちもらすことはあるまい」

「あたしたちは囮《おとり》ってわけかい」

アルフリードは憮然《ぶぜん》とした。ファランギースの説明が正しければ、ケルマインの言動には、おおかた納得がいく。

「でも、そんなやりかた、長く通用するはずがないよ。だって、これでザラーヴァント卿まで行方《ゆくえ》が知れなくなったら、王都のほうで手をこまねいてはいないもの」

「それはそうじゃな」

「そうだよ。ナルサスかダリューン卿か、もしかしたらアルスラーン陛下ご自身で、軍をひきいてこの谷へ親征なさるかもしれない。いくらこの谷が要害《ようがい》でも、王都の大軍の前に、そう長くは保《も》たないさ」

「そして王都は空《から》になる」

ファランギースの冷静な声に、アルフリードははっとして息をのんだ。

ファランギースはケルマインの目から視線をはずさない。

「こうなると、ナーマルドが落とした手紙、ミスル国からの密書は大きな意味を持ってくるな。内外呼応《ないがいこおう》してパルス王国を亡ぼそうというのではないか。ミスル国がチュルク国と結ぶのはまず不可能だが、そのていどのことなら充分にできようぞ」

「………」

ケルマインは答えない。答えるのは不利と思ったのか、いまやかたく口を閉ざし、両眼に脂《あぶら》ぎった光をたたえ、そろそろと足を動かしかけた。

「それとも、ミスル国すら陰謀の道具にすぎぬか。目的は、パルスの国内に混乱を引きおこし、分裂と争乱《そうらん》を招き寄せることか。何者がそのようなことを望む？　地上だけではなく地下にひそむ者どもか」

すさまじいほどの緊張の高まりに耐えかねて、短剣の柄をにぎったまま、アルフリードがささやきかけた。

「ファランギース!?」

「気をつけよ、アルフリード、この復讐者は、憎悪に目がくらんで、蛇王ザッハークに魂《たましい》を売ったとみえるぞ！」

一瞬アルフリードは立ちすくんでしまった。蛇王ザッハークの名が雷鳴のごとくとどろきわたり、目に見えない鎖となって、アルフリードを縛りあげてしまったのだ。王族だろうと自由民だろうと盗賊だろうと、ザッハークの名を聞けば戦慄せずにいられない。理屈ではない。パルス人であれば誰でもそうなる。アルフリードの勇敢さと敏捷《びんしょう》さをもってしても例外ではなかった。

そして、じつはファランギースでさえもそうだった。アルフリードに対して警告を発するのが一瞬だけ遅れたのだ。

ファランギースの一瞬と、アルフリードの一瞬。あわせて、わずか二瞬。それだけで、憎悪と怨念《おんねん》にくるった老人にとっては充分だった。

人間とも思われぬ叫びを発して、ケルマインは宙を奔《はし》った。

魔道による飛行か。だが、とっさにファランギースがふるった細身の剣に、手ごたえがあった。黒い大蛇が床に躍った、と見えた。黒く塗られた綱が天井近くに張りわたされており、それがファランギースの剣で切断されて落下してきたのだ。

つづいてアルフリードの足もとに落ち、火花を散らしてははね返ったものがある。滑車だった。そのひびきを圧して、重い不吉な音がわきおこる。第二の火花が散った。宙から舞いおりたケルマインの左肩めがけ、アルフリードが猛然と短剣《アキナケス》を突き出したのだが、寸前、何か固いものが刃をさえぎったのだ。思わずアルフリードは罵声《ばせい》をあげてしまった。

「何《イ》て《ラ》こ《ッ》つ《ラ》た《ー》い《ル》！」

アルフリードとケルマインとの間には鉄格子が立ちはだかっていた。親指ほどの太さのあるその一本が、短剣《アキナケス》の刃をくいとめたのである。重い不吉な音は、鉄格子が動き出す音であったのだ。

「雌獅子《めすじし》どもめ、檻《おり》に閉じこめてくれたぞ」

ケルマインは毒々しく笑い、鉄格子をつかもうとして手を引っこめた。うかつに近づけば、鉄格子ごしに女たちの刃が一閃《いっせん》するであろう。

「五日たったら来てやる。飢《う》え疲れたお前たちを、どう処分するか、その間にゆっくり考えておこうぞ。無力な神々に、せいぜい幸運を祈るがいい」

わざとらしく、ひときわ高々と笑うと、ケルマインは、松明《たいまつ》の灯のとどかぬ闇の奥へ、兇々《まがまが》しい姿を溶けこませていった。

「してやられたな。不覚であった」

「大丈夫さ。ナルサスがいる。きっと的確に策《て》を打ってくれるよ」

「軍師どのは、たしかに比類ない智者であられる。だが、ナルサス卿は、ナーマルドが落とした手紙のことまではご存じない。神々でなくては、知りようもないことじゃ。軍師どののの知略は、精確な情報にもとづいてこそ発揮されるのだから」

アルフリードは考えこんだが、すぐ元気のよい声をあげた。

「ということは、あたしたちは、どうあっても生きて王都に帰らなくてはならないってことだね」

「そのとおりじゃ。王都に帰って、陛下や軍師どのにこの件をご報告申しあげねばならぬ。ひとつまちがえば、パルス国の存亡にかかわることゆえ」

ファランギースは懐中から小さな翡翠《ひすい》の笛をとり出した。アルフリードが手をたたく。

「ああ、その笛を吹いたら、出口まで精霊《ジン》が案内してくれるんだね」

「地上ではな」

「え？」

「精霊《ジン》は地下を好まぬゆえ、笛の音の聞こえる範囲におらぬかもしれぬ。だとすると、吹いても無益なのじゃが」

「そ、それは吹いてみないとわからないことだろ。いちおう吹いてみておくれよ」

うなずいて、ファランギースが笛に口をあてたとき、鉄格子の彼方《かなた》から音がわきおこった。ファランギースは笛から口を離し、ふたりは耳をすませた。優美な音曲にはほど遠い、妙に重くて騒々しい音だ。それは人の足音と、何やらじゃらじゃらと鳴る金属のひびきだった。

音の正体はすぐに知れた。鉄格子の向こうにあらわれたのは、先刻、ファランギースたちに追われて逃げ出したナーマルドの姿で、腰帯《こしおび》には大きな鍵《かぎ》の束が揺れていた。

III

「いいざまだな、女神官《カーヒーナ》」

あざけりの声をかけられて、ファランギースはそっけなく答えた。

「そなた、何者じゃ」

「何者だ、だと？」

ナーマルドはおおげさに目をむいた。

「あきれた女神官《カーヒーナ》だ。何度も会ったのに、おれの顔をおぼえていないというのか」

「おぼえておる。心ならずもな」

「だったらいってみろ、おれが誰だか、名前にさまをつけて呼んでみろ」

ファランギースの双瞳《そうどう》は、松明の光を受けて、宝石のようにきらめいた。

「本人はナーマルドとか名乗っておったな。だが、わたしがいいたいのは、それが事実かどうか、ということじゃ。何しろ、この地下にはムンズィル卿と称する人物が、ついさっきまでふたりおったゆえな」

「事実だ。おれは正真正銘、この世でただひとりのナーマルドさまだ」

「それは残念」

「何だと？」

「ナーマルドという名のために惜しむのじゃ。そなたが偽者で、他に真のナーマルドがいるとしたら、いますこし賢明で度量《どりよう》のある人物であることが期待できたものを」

「けっ、なぜそんな期待ができる？」

「わかりきったことではないか。そなたほど愚《おろ》かで狭量《きようりよう》な人間は、これまで見たことがない。どんな男であっても、そなたよりましなはずじゃ」

ナーマルドの顔がひきつる。アルフリードが声をあげて笑った。

「まったくだよねえ、こいつにくらべたら、ギーヴ卿なんて半分、神さまに思えるもの」

「それはほめすぎじゃな。せいぜい五分の一ぐらいであろう」

ようやくナーマルドは息とともに言葉を吐き出した。

「つらにくい女神官《カーヒーナ》め。サソリの尾のような舌を持っておるわ」

するどい毒舌《どくぜつ》のことを、パルスでは、「口のなかにサソリの尾がはえている」と表現することがある。

「だが、天上の麗人《フーリー》のごとく美しいことも認めてやろう。どうだ、心をいれかえて素直になるなら、地下から出してやってもいいぞ」

ファランギースが返事をしないので、ナーマルドは視線を横に動かした。

「そちらの見習い女はどうだ。この女神官《カーヒーナ》に、おれの側女《そばめ》になるようにすすめろ。そうすれば、お前も下女ぐらいにはしてやるぞ」

「まっぴらごめんだね」

アルフリード《アスタグフェロッラー》は軽蔑のしるしとして、思いきり舌を出し、顔の前で指を鳴らしてみせた。

ナーマルドが何かどなろうとしたとき、ファランギースが問いかける。

「そなた、自分の父親が叔父と入れかわったのを、いつから知っていたのじゃ」

「ほとんど最初からだ」

つりこまれてナーマルドは即答する。

「親父《おやじ》のやったことは当然のことだ。親父は領主として自分の正統な地位をとりもどし、おれもまた正統の後継者としての地位を回復したってわけだ。まったくもって、めでたしめでたしさ」

「結局それか」

ファランギースの声に霜《しも》がおりた。

「自分が正統の後継者だと思うなら、それにふさわしい力量《りきりよう》を持つよう努《つと》めるがよい。

生まれつき他人より有利な位置に立っているのであれば、他人とおなじ努力で他人より遠くまで行けるはずではないか。だが、そなたが将来のオクサス領主として自分をみがいてきたとは、とても思えぬ」

「何をいうかと思えば、くだらん説教か。ほざけほざけ、おれは叔父ムンズィルのあととりとして、オクサスの主となる。ムンズィルの甥《おい》、じつは隠し子ということにしてあるわけだから、誰からも異論は出まいて。ザラーヴァントのまぬけめ、真実を知ったときの面を見てやりたいわ」

アルフリードがナーマルドをにらんだ。

「ひとつ確認しておきたいんだけど」

「うるさい女だな、何だ」

「神殿から行方不明になった三人はどうなったのさ」

「お前たちが知る必要はない」

「乱暴して殺したんだろ!?」

「ふん、だとしたらどうする」

歯茎《はぐき》までむき出して、ナーマルドはせせら笑った。

「この谷はおれのものだ。この谷に住む女もすべておれのものだ。生かそうと殺そうと、服を着せようとぬがせようと、おれの意向《いこう》ひとつだ」

「下種《げす》！」

「何だと」

「下種な男は腕ずくで女を屈伏《くつぷく》させようとするものだけどさ、その腕ずくでさえ、あんたはまともに女に勝てないんだものね。下種のなかの下種、それがあんただよ」

「……ぬかしたな」

「怒ることないさ。どんなことでも国で一番なら、たいしたもんだ。たとえ下種でも卑《ひ》怯者《きようもの》でも嘘つきでもね」

いいながら鉄格子に向かってアルフリードは歩み寄った。無造作な足どりに見えるが、戦士として計算しつくされた足どりだった。そのことが、ファランギースにはわかったが、ナーマルドにはわからなかった。

つぎの瞬間、アルフリードの吐きかけた唾が、鉄格子の隙間から、ナーマルドの鼻にかかった。

兇暴な叫び声をあげて、ナーマルドは鉄格子の隙間から腕をつっこんだ。間一髪で、アルフリードは跳《と》びすさっている。ナーマルドの大きな手は空をつかんだ。そして、伸びきったナーマルドの右腕を、横あいからつかんだのはファランギースだった。

強烈に腕をひねりあげる。

ナーマルドは上半身を鉄格子に押しつけられ、苦痛と狼狽《ろうばい》の悲鳴をあげた。自由な左手でむなしく空をかく。

「アルフリード、鍵を！」

そういわれたとき、すでにアルフリードのしなやかな指は、ナーマルドの腰帯から鍵の束をもぎとっていた。

「いったいいくつ鍵を持ってるんだろ、この役立たずは」

舌打ちしながら、アルフリードはつぎつぎと鍵をためした。四つめで反応があり、錠《じょう》前《まえ》は自棄《やけ》になったような音をたててはずれた。

鉄格子の一部が開き、アルフリードがそこからすべり出た。短剣《アキナケス》の切尖《きっさき》をナーマルドの咽喉《のど》に突きつける。ナーマルドの腕を放して、ファランギースも外に出た。ナーマルドが腰を蹴られ、鉄格子の中へ転がりこんで、錠前がおろされ、囚人と看守の立場が逆転しようとした、まさにそのとき。

どこからか陰々《いんいん》たる声がひびいてきた。

「この期におよんでも、父の足を引っぱるか……腑甲斐《ふがい》ない奴め」

「父上、助けてくれ」

「自分で何とかできぬのか」

「み、見すてないでくれ。おれはあんたの息子だ。あんたのだいじなあととりだぞ！　も、もし、おれを見すてるというなら……」

ナーマルドの声がとだえた。ファランギースに頸動脈《けいどうみゃく》を強く押さえられて声が出なくなったのだ。

アルフリードが闇に向かって皮肉を投げつけた。

「出来の悪い子ほどかわいい、とは、よくいったもんだね。でも、ナーマルドのやつ、あたしたちにはちっともかわいくないんだ。あたしたちを地上に出さないと、あんたのかわいいナーマルドは首と胴が永遠に離れてしまうよ」

「おのれ、人質をとるなど卑怯だとは思わぬか」

「卑怯？　あんたたちにはいわれたくないね。抜け穴を使って女ばかりの神殿に忍びこんで、女をかどわかすような奴らにね」

「あの女どもは犠牲にささげられたのだ。むやみに殺したのではないぞ」

アルフリードは笑殺《しょうさい》した。

「まともな神々が人間の犠牲など欲《ほっ》したもうはずがないさ。どうしても必要なら、あんたたち自身が犠牲になればいい。名誉なことなんだろ？　どうしてそうしないのさ」

アルフリードの痛烈な質問に、声の主は即答しなかった。ファランギースは声の主がどこにいるか、気配をさぐったが、たくみに相手は闇の中に潜んで位置をつかませない。

「……わしが自殺もせず、錯乱もせず、屈辱に耐えて地底で生きのびたのは、ひとえにお前のためであった」

「お前」とは、むろんナーマルドのことであろう。

「蛇王ザッハークさまのご威光によって地上へもどることがかなったとき、わしはお前の成長が楽しみであった。お前は身体だけは大きくたくましくなっておったが……」

ケルマインの声は、胆汁《たんじゅう》さながらに暗く苦《にが》い。

「女ども、不本意だが取引しよう。ナーマルドを、わが不肖《ふしょう》の息子めを解放せよ。かわりに、きさまらの安全を保障してやろうぞ」

おちつきはらってファランギースが口を開く。

「この鎖につながれたご老人は？」

「………」

「どうした？」

「そやつの命運は、きさまらに関係ないことではないか。助ける値打もない奴。なぜこだわる？」

「おぬしは二十年にわたって幽閉されたというが、両眼をえぐられはしなかったであろう」

「……何をいいたい？」

「それで満足しろ、とはいわぬ。まだ飽《あ》きたりないであろうが、このご老人を生かしておけば、また復讐の機会も来るというものじゃ。ここはひとつ引き分けということにして、決着は後日にせぬか」

「そうしてくれ、父上！」

ナーマルドがどなる。アルフリードの短剣《アキナケス》の尖端が、ごくわずかながら彼の皮膚にくいこんで、血がにじみ出した。ナーマルドの声がひときわ高まる。

「わかった。かってにせよ」

うめくような諒承《りょうしょう》の声がして、とりあえず談判が成立した。

IV

追い放たれたナーマルドの姿が酔漢《すいかん》のようによろめきながら闇に溶けこむと、ただちにファランギースは、真物の老領主ムンズィルを鎖から解放してやることにした。談判は成立しても、永続きするはずはない。偽領主ケルマインが兵を動かす前に、地底から脱出しておくべきであろう。

「アルフリード、そなたが持っている鍵束のなかに、たぶんこの老人の鎖をはずす鍵があるであろう。それを使ってくれ」

「わかった、だけど……」

「不満か？」

「不満というわけじゃないけど、何だか、すごくいやな感じなんだよね。聞かなければよかった、聞きたくもなかった、そういうことばかり聞かされてさ」

その心情は、ファランギースにもよくわかる。

「あのケルマインと名乗った人物が申した経緯《いきさつ》が事実だとすれば、ずいぶんとおぞましい話じゃ。だが明々白々たる物証があるわけではなし、いまのところ一方的な弾劾《だんがい》であるにすぎぬ。こちらのご老人からも証言を聞かぬかぎり、うかつに信じることはできぬし、裁きようもないぞ」

「そうだね、アルスラーン陛下とナルサスに裁きはおまかせしよう」

アルフリードは鍵束を鳴らして、鎖につながれた老人に近づいた。血と汗と脂とに汚れきった身体や衣服からただよう悪臭が鼻をつく。思わず顔をしかめながら、アルフリードは、だが「くさい」と口には出さなかった。今度は三つめの鍵がめでたく反応し、錆《さ》びついた鎖はきしみながらはずれた。へたりこもうとする老人を、アルフリードがささえる。

「わしは兄が憎かった……」

長いあいだ沈黙していた老人がひからびた唇を動かした。どこか力のぬけてしまった声であったが、しだいに熱をおびてくる。憎悪が力の源泉《げんせん》となったかのようだ。老人の衰弱しきったはずの身体に激情の慄《ふる》えが走った。

「兄は自分が父の後継者であるのをよいことに、わしの許婚者《いいなずけ》を横どりしたのだ。そしてナーマルドを生ませた。わしは兄を憎んだ。憎むのが当然ではないか！」

アルフリードには返答のしようがない。憎みあい傷つけあって老年に至った兄弟が、あわれであり、おぞましくもあった。

「ナーマルドを殺す気はなかった。あれは、わしの許婚者が生んだ子だ。いずれ父親の姿を見せてやった上で、そこそこの地位をくれてやろうと思っておったに……」

「さあ、しゃべるのは地上に出てからでいいだろう。鎖はもうはずれたよ。自力で立てるかい？」

なるべくやさしい声をかけながら、アルフリードは老人の身体をささえた。地上に出て陽の光を浴びれば、老人の暗く濁《にご》った怨念もすこしはやわらぐかもしれない。

アルフリードが老人をささえ、ファランギースが松明《たいまつ》をかかげて、三人は歩き出した。

とりあえず、神殿の方向へと歩いたのだが、十歩と行かぬとき、闇が悪意をこめてうなった。老人が小さくのけぞった。悲鳴のかわりに、少量の血と息が吐き出されただけだ。咽《の》喉《ど》もとに突き刺さった太い矢が、松明の灯を受けて黒々と震えた。

「ざまを見ろ、殺してやったぞ！」

ナーマルドの叫び声だ。憎悪と歓喜に煮えたぎった声が闇をかきまわした。

「つぎはきさまらの番だ。どちらから射殺してやろうか。いや、まず動けなくしておいて……」

その声が苦痛の悲鳴に急変する。

「ああっ、ちくしょう、痛い、痛い、よくもやったな……！」

跳躍《ようしゃ》したファランギースが、左手に松明を持ったまま右手に長剣をふるい、闇に向かって容赦ない斬撃《ざんげき》をあびせたのだ。

「ファランギース！」

「手ごたえは充分だった。だが、はたしてどこを斬ったかな」

「……左腕だよ」

アルフリードが指さす。数歩の距離をへだてて、石の床に何か転がっていた。松明の灯《ほ》影《かげ》がかろうじてとどく範囲だ。それは弓をつかんだままの人間の左腕であった。

「ちくしょう、ちくしょう」

単純だが深刻な呪詛《じゅそ》の声がつづいていた。負《ふ》の感情が血とともに床にしたたり、闇に反響をかさねる。

「よくもおれのたいせつな左腕を斬り落としたな。女神官《カーヒーナ》め、赦《ゆる》さんぞ、見ておれ、泣面かかせてやる」

声が遠ざかっていく。ナーマルドは意外な弓の手練《しゅれん》を見せつけたわけだが、二度とそのような機会は来ないであろう。追いかけてさらに一刀をあびせる気にもなれず、ファランギースは血ぬれた剣を鞘《さや》におさめ、倒れた老人の上に松明をかかげた。老人の顔に苦痛の表情はなく、ひたすら虚《うつ》ろだった。

「だめだ、もう息をしてないよ」

「……ザラーヴァント卿には、まことに気の毒な仕儀《しぎ》となったな」

ふたりの溜息《ためいき》がかさなった。だが、いつまでも感傷《かんしょう》にふけっている場合ではない、という戦士としての判断がある。冷徹にいうなら、ふたりがいそいで地底から脱出するに際し、足手まといがなくなったのだ。地下道のどこで敵が待ち伏せしているにせよ、ふたりの女戦士は充分に実力をふるうことができるのである。

「アルフリード、ご老人の髪をひと束だけ斬りとってくれ。せめてそれだけでも、ザラーヴァント卿にとどけてやろう」

「わかった」

「それがすんだら、すぐここを出る」

真物の老領主ムンズィルの遺体は置いていくしかないのだ。後日、あらためて埋葬するとしても、ファランギースとアルフリードが生きて脱出をはたさないかぎり、不可能なことだった。

ふたりは老人の遺体にかるく拝礼すると、半ば走るように地下道を進んだ。松明がほどなく燃えつきる。真の闇につつまれるまでに、できるだけ距離をかせいでおく必要があった。

ふたつほど角を曲がったころ、異変に気づいた。まだ息がはずむほど進んではいなかったが、アルフリードが小首をかしげる。

「ファランギース、何か変な匂《にお》いがしないかい？」

「そなたも気づいたか」

松明の灯が一瞬ごとに暗くなる。ふたりは緊張した表情を見あわせた。アルフリードがあえいだ。

「ファランギース、これは煙の匂いだよ。何かが近くで燃えてる！」

その声を合図としたかのように、煙の尖兵《せんぺい》がふたりの背後から追いついてきた。アルフリードが目をこすり、ファランギースが二度咳《せき》をした。意外なできごとではあったが、美しい女神官《カーヒーナ》はただちに事情をさとった。

「ナーマルドが火を放ったのじゃ。わたしたちを焼き殺すか、蒸《む》し殺すか、いずれにしても生かして地上に出す気はないらしい」

「おもしろい、生きて出てやろうじゃないのさ」

口にはいりこんだ煙とともに、アルフリードが怒りを吐き出した。

「そして二度と、こんな陰険な所業《まね》ができないようにしてやる！　ああ、もう、まったく、どうせならもっと勇ましくて堂々としていて尊敬できる敵と戦いたいよ」

「それこそ勇者の気概《きがい》というものじゃな。だが、戦う前に、ここは逃げるしかなさそうじゃ」

ひときわ濃い煙が吹きつけてきて、ふたりの目と鼻を無慈悲にひっかいた。だが、それで煙の吹きつける方角を正しく判断することができた。煙と風に背中を押されながら、ふたりは地下道を駆け出した。

風があるということは、どこかに空気の出口が存在することになる。風下へ逃げるのは当然であった。そして、そのことは、神殿の隠し扉が開いたままであることを示していた。

どうやら助かりそうだ。なお駆けながら、アルフリードが、最近できた友人のことを思い出した。

「そうだ、レイラが気づいて助けに来てくれればいいけど」

「レイラか。あれは頼もしい娘だが、あまり期待しても悪かろう。何も知らず、いまごろは夢の園を散歩しているのではないか」

「うらやましいね、あたしもそうしたい」

「レイラといえばな、アルフリード」

現在の状況と直接は関係ないことだが、ファランギースはレイラに関して気になっていることがあった。昼の間に、アルフリードから聞いた話である。おそらくレイラは十九歳で、他のふたりの赤ん坊とともに神殿の前にすてられていた、というのだが……

「思いあたらぬか、アルフリード」

「レイラについて？　何を？」

「アルスラーン陛下のご出生にまつわる秘密のことじゃ。十九年前、当時のタハミーネ王妃がご出産あそばされた御子《みこ》は女ではなかったか」

あっと叫びかけて、アルフリードは口をおさえた。ふたりのほかには誰もおらず、口をおさえる必要もなかったのだが。

「……そうか、気がつかなかった。単なる偶然じゃないかもしれないね」

「まだ結論を出すのは早い。単なる偶然かもしれぬ。だが、レイラのはめていた腕環は銀でできていて、雄牛にまたがった若者の姿が彫《ほ》られていたのであろう？」

「そう、短剣を雄牛の首に突き刺してた」

「王族か、それに匹敵する高貴な身分の者だけに許される意匠《デザイン》じゃ。その若者はミスラ神の地上におけるお姿なのじゃから……」

ファランギースは口を閉じた。背後から熱気が押し寄せ、赤い光がせまってきたのだ。煙だけでなく火が近づいている。速すぎるのではないか。

そう思いつつ振り返ると、不吉な色に踊りくるう炎が見えた。見る見るふたりに近づいてくる。火ではなく、水が流れるように。その動きを見て、ふたりはさとった。ナーマルドは火を放っただけでなく、油を地下道に流しこんだのだ。地下道にはわずかに傾斜があるようで、油は火を乗せて、地下道全体を焼きつくしつつ、ふたりに肉薄してくるのだった。

無言でファランギースとアルフリードは走り出す。もはや全力疾走だ。炎の反射で地下道が赤々と染まるなか、ふたりの足がにわかにとまった。前方から場ちがいな歌声がひびいてきたのだ。

「ラールラー、ルルラルー、嵐のごとき喝采《かっさい》のなか、旅の楽士、優雅に登場」

「ファランギース、あの歌声！」

「パルスは広く、人は多けれど、あのようなおどけ者は、ふたりとあるまい」

「でも、ギーヴ卿がどうして……やっぱり、よからぬ目的で神殿にはいりこんだんだろうか」

考えこんでいる余裕はなかった。赤い熱風に押されて、ファランギースとアルフリードはまた走り出す。その前方に出現した人影が、うやうやしく一礼した。状況をわきまえぬ虚礼《きょれい》ぶりが、いっそあっぱれである。

「やあ、ファランギースどの、それにアルフリードどのも、ご無事で何より」

「戯言《ざれごと》をいう間に、無事ではなくなるぞ」

と、女神官《カーヒーナ》の声は冷たい。

「おぬしの目がいくら不純に曇《くも》っていようと、あの炎は見えるであろう。すぐ神殿にもどり、火災の発生を知らせるのじゃ。避難させせぬと、何百人もの死者が出よう」

「しかも女性ばかり。これはおおいにまずうござるな」

まじめくさってうなずくと、ギーヴは道を開いてファランギースとアルフリードを先に行かせ、自分が後尾を守って走り出した。三人の影が、赤く染まった地下道の壁に揺れ、そのあとを猛火が追撃していく。

V

黄金色と薔薇色《ばらいろ》の黄昏《たそがれ》が終わると、濃藍色《のうらんしょく》の夜がとってかわった。日中の熱気が一瞬ごとにしりぞき、涼気が王都エクバターナの市街をつつみこむ。詩人たちが讃《たた》えてやまぬ「王都のうるわしき夏の宵《よい》」が、またはじまろうとしている。

鷹《シャヒーン》の告死天使《アズライール》を自分の腕からとまり木にうつして、国王《シャーオ》アルスラーンは露台《バルコニー》へ出てきた。天上には星座、地上には灯火の群。夜風に乗って、市街のざわめきもかすかに流れて来る。「平和と繁栄」という表現そのままの場所と時刻であった。

この夏、アルスラーンは王都を動かず、甲冑《かっちゅう》を着ることもなく、国政に専念することができた。まだ夏が終わったわけではないが、奇蹟のように平穏な日がくり返された。

「こういう毎日も悪くないなあ」

予定どおりに執務や行事をこなす日々が、案外アルスラーンはきらいではない。若くしてすでにアルスラーンは「武勇の国王《シャーオ》」としての実績をあげ、名声を確立している。いまさら軍事的成功を求めて、無用な戦いに国家を巻きこむ必要もないのであった。

表面的に平穏な、ある意味では退屈な日々を、アルスラーンは、たぶん過大評価している。それというのも、このような日々が永くつづくものではない、ということを、若い国王《シャーオ》が感じているからであった。

だからアルスラーンは毎日、ダリューンやナルサスと会う時間をつくり、なるべく食事をともにした。いずれ、ゆっくりと談笑などしていられぬ日が来る。そう思ってのことである。

アルスラーンは十八歳。まだ十八歳である。だが地上に夭逝《ようせい》や横死《おうし》の王者は多く、青春が晩年となってしまった例もある。可能性は無限だが、アルスラーンの統治者としての理念や構想が、生きているうちにすべて実現できるとはかぎらなかった。理念を継承する者をこしらえるのも王者の義務、よってなるべく早くご結婚を――というのが、老宰相ルーシャンの口癖である。

アルスラーンは食卓についた。陪席《ばいせき》はダリューン、ナルサス、エラム。ここ何日かつづく顔ぶれだ。ひととおり料理と酒を楽しむと、アルスラーンは色気のない話題を持ち出した。

「ずっと気になっていることがある。聞いてくれるか」

「どうぞ、陛下のお考えをうけたまわりましょう」

ナルサスの表情が、教師のものになる。またかい、といいたげなダリューンの目つきであったが、さりげなく葡萄酒《ナビード》の杯をかたむけた。

「今年の二月、わが軍はナルサスの軍略にもとづいて、シンドゥラ国を劫掠《ごうりゃく》する仮面兵団を討った。そのとき、トゥラーン、チュルクの両国を通過してシンドゥラ領へ出たのだ」

世に「アルスラーンの半月形」と呼ばれる劇的な軍事行動であった。ナルサスの軍略は完璧な形で成功し、それ以来、パルスは他国と戦火をまじえることなく、平穏な夏を迎えることができたのだ。

「チュルク国のカルハナ国王は、どう思ったことだろう。自国の領土を他国の軍隊に通過され、シンドゥラ国への侵攻には失敗し、貴重な戦力である仮面兵団を失った。私がカルハナ王の立場であっても、パルス国を憎まずにいられない」

「絵に描いたような逆恨《さかうら》みでございますな」

ナルサスがいうと、わざとらしく音をたてて、ダリューンが卓上に杯を置いた。

「さてさて、誰の描いた絵やら」

「うるさいぞ、芸術を理解せぬ俗物め。失礼いたしました、陛下、どうぞお先を」

いつもながらのやりとりに微笑しながら、アルスラーンは先をつづける。

「むろん国王個人の感情だけで、軍を動かし、他国と戦争をはじめるわけにはいかないだろう。だけど、その気になれば、カルハナ王にはそれなりの理由がつくれる。ナルサスは以前、私にいった。カルハナ王は穴熊《あなぐま》の性《さが》ゆえ、大胆に他国へ兵を出すことはできず、難攻不落の国都ヘラートにたてこもって動くことができない、と」

「ご記憶のとおりでございます」

ナルサスが卓上で指を組む。ダリューンは白米飯《チエロウ》にポロワをかけて食べはじめる。これは牛と羊の挽肉《ひきにく》に巴旦杏《はたんきよう》と干葡萄《ほしぶどう》をくだいてまぜ、胡椒《こしよう》で味をととのえたものだ。

「もともとチュルク人はトゥラーン人と同族だった。いまトゥラーンは国王が不在、軍隊も潰滅《かいめつ》して、国家の態《てい》をなしていない。カルハナ王が大軍を北へ進めれば、トゥラーンの領土はチュルクの手に落ちるかもしれない」

アルスラーンの言葉にうなずきつつ、ナルサスは手もとにザクロの氷菓子《シャーベット》を引き寄せ、梨《なし》の木でつくられた匙《さじ》を手にする。

「カルハナ王が大軍を北へ派遣するとして、その目的は、ただ領土をひろげるだけでございましょうか、陛下」

アルスラーンも梨の木の匙を手にする。彼の前にエラムが置いたのは酢蜜《セキヤン》かけシャーベット《ジエヴイーン》で、さわやかな薄い甘味が特徴である。

「トゥラーン領を手にいれることができれば、カルハナ王は、北からパルス国へ侵攻するための路《みち》を確保することになる」

脳裏に、パルス周辺の地図を描きながら、アルスラーンは匙を動かす。

「アルスラーンの半月形。今年の二月にわが軍が行動した針路を、そう呼ぶのであれば、同じ路を逆にたどって、チュルク軍がパルス国に侵攻するとき、どう呼ばれるだろう」

「カルハナの半月形、とでも申しますかな」

と、ダリューンが笑う。彼はポロワをかけた白米飯をたいらげて、今度は紅茶の碗を手にしている。

「もしそういうことをやってのければ、カルハナ王の復讐心と虚栄心は、おおいに満足させられましょうな」

「ダリューンもそう思うか」

「さよう、春から夏にかけてチュルク国のカルハナ王は沈黙をたもっております。おかげで国境が平穏なのはよろしゅうござるが、かの御仁《ごじん》、肚《はら》のなかで何をたくらんでおることやら」

紅茶の湯気をすかして、ダリューンは、じろりとナルサスを見やった。

「陛下のご懸念《けねん》はごもっともだ。パルス軍にできたことがチュルク軍にできぬはずがない、とカルハナ王が思いこんだとしても、不思議はあるまい」

「それはまあな」

もともとパルスの北方国境には平原がひらけており、要害となる山岳も大河も存在しない。だからこそ、トゥラーン国が強盛であったころは、パルス国もずいぶん悩まされたのである。平原での騎馬戦では、勝つにしても犠牲が大きい。しかも敗れたトゥラーン軍はどこまでも後退していくので、それを追撃してとどめを刺すのは至難の業であった。アルスラーンの王太子時代に、トゥラーン軍を潰滅《かいめつ》させることができたのは、ダリューンやナルサスの功績もさることながら、トゥラーン軍がパルス領に深入りしすぎたからでもある。

ナルサスがエラムに顔を向けた。

「カルハナ王がその気になって大軍を北上させ、トゥラーン領へ侵攻したとする。そうなるとチュルク国はどういう状態になる、エラム？」

「大軍とやらの規模にもよると思いますが、もし全軍こぞって出征ということになれば、チュルクの本国は空になってしまいます」

「……ということだ、ダリューン」

ナルサスは笑顔をつくり、シャーベットの一片を口のなかに放りこんだ。

「なるほど、チュルク国の南にはシンドゥラ国があるな。そして彼《か》の国の主君は例の御仁……」

「愛すべき陽気な悪党どのだ。ついでにいえば、ラジェンドラ二世陛下のもとには高貴な囚人がひとりいる。おぼえているか、エラム？」

「はい、たしかカドフィセス卿と申す御仁でした」

その名を聞いて、一同は人の悪い笑いを浮かべた。カドフィセス卿なる人物がパルス軍の捕虜となり、「きたない拷問」にかけられた、というできごとを思い出したのである。孔雀《くじゃく》の羽でつくられたホウキを動かして、カドフィセスを笑死寸前《わらいじに》に追いこんだのは、この場にいないギーヴであった。しばらく宮廷でおとなしくしていた美女好きの楽士は、いまごろどこで恋の歌を口ずさんでいるのやら。

「チュルク本国が空になれば、ラジェンドラ二世陛下はカドフィセス卿をチュルクの王位に即《つ》けるべく、軍を動かすだろう。せっかくカルハナ王が北征《ほくせい》しても、後背《こうはい》をおそわれ、本国を失ってしまうはめになる。それを恐れて、カルハナ王はうかつに兵を動かせぬ。そういうわけか」

ダリューンがナルサスに確認する。

「基本的には、そういうことだ。そういう絵図面を描いたからこそ、ラジェンドラ二世陛下は、カドフィセス卿を生かしておかれた。そして、それでこそわがパルス国がシンドゥラ国と同盟の好誼《よしみ》を結んでおいた甲斐もあるというもの」

そうしむけたのはナルサスなのだ。いまさらに感歎しながら、アルスラーンは問うた。

「だからといって、ナルサスは、東方国境についてすっかり安心しているわけでもなかろう」

「ご賢察《けんさつ》おそれいります。じつのところ、私が申しあげましたことは、すべて理屈《りくつ》。国を支配し動かすような者は、万事に理屈をたて計算ずくの上で行動するかと申しますと、案外そうでもございませぬ」

空になったシャーベットの器を、ナルサスが押しやった。すかさずエラムが緑茶の碗をすすめる。国王《シャーオ》アルスラーンの学友であるこの若者は、食事のとき、自分が美味を楽しむよりむしろ他人にこまごまと気を遣《つか》うほうを好むようであった。

「陛下、ご存じのように、私は先日、クバード卿らの五将に、デマヴァント山の封鎖を指示いたしました。それによって何ごとが生《しよう》じるか、予断を許さぬ面がございますが、私が選んだ五人なら、多少の危難は自力でくぐりぬけてくれるかと……」

不意に周囲が暗くなった。一陣の風が露台を駆けぬけ、灯火を吹き消したのだ。頭上から降りそそぐ月の光さえ何かにさえぎられ、ダリューンは壁に立てかけておいた長剣に手を伸ばしかけた。だがすぐに青い澄明《ちようめい》な光が回復する。見あげると、月がそ知らぬ顔で天にかがやいている。

「夜空を雲が奔《はし》っただけのようでござる」

ダリューンは苦笑を浮かべた。単なる自然の現象に、不吉の翳りをおぼえるのは、ダリューンもまた、平穏な日々の終わりを予感していたからかもしれない。

「満ちた月はかならず欠ける。晴天の日は永遠にはつづかず」

ナルサスがつぶやき、緑茶に口をつけた。

VI

雷鳴がとどろき、暗い空の一角を白い閃光《せんこう》が切り裂いた。それを合図とするかのように、谷間にわだかまっていた冷気の塊《かたまり》が渦を巻き、寒風となって吹きつけてくる。

「こいつはまずい」

デマヴァント山中を移動するパルス軍二千の先頭で、不安そうに空を見あげたのは、シンドゥラ国出身のジャスワントであった。彼は敵軍を恐れたことはないが、南国に生まれ育ったので寒冷に弱いのはぜひもない。

「すぐに雨が降り出す。それも豪雨だ。ただちに避難したほうがよい」

ジャスワントの提案は、即座に実行された。高山で冷雨に打たれれば、体温と体力を奪われて容易に死に至る。天候の変化を察知して慎重にふるまうのは、兵をひきいる将として当然であった。

「引き返せ、むやみに進んではならん。今日の行軍はここまでだ」

前進をつづけても、避難場所が見つかるとはかぎらない。万事に堅実なトゥースは、行軍の途中で避難場所となりそうな洞窟《どうくつ》や岩棚《いわだな》や森をひとつひとつ確認し、三人の妻に簡単な地図をつくらせていた。三人姉妹の次女のクーラはたくみに絵筆を動かし、簡単だが正確でわかりやすい地図を描きあげている。

「これはこれは、クーラどのはナルサス卿より画才がおありのようだ」

イスファーンがそう評しているが、これではあまりほめたことにならないであろう。

「すぐにもどれるのは、この鍾乳洞《しょうにゅうどう》です。かなりの人数がはいれること、たしかめておきました」

「役に立つ奥さまがただ。いそぐとしようか」

クバードがいい、二千の将兵は来た道を逆にたどった。ほどなく将兵の甲冑《かっちゅう》に雨滴《うてき》がはじけはじめ、やがて沛然《はいぜん》たる雨が四方を閉ざした。パルス軍は冷たい灰色の世界をつっきり、道が泥濘《でいねい》になる前に何とか目的地に着くことができた。

洞の入口は、高さ四ガズ（約四メートル）、幅三ガズというところであったが、内部はおどろくほど広く、奥もにわかに涯《はて》がわからないほど深い。すべての人馬が洞内にはいって雨を避けることができた。

洞の入口に歩哨《ほしょう》を立て、各処で火を焚《た》かせ、すぐ身体を暖めるために酒を配る。入口がこれほどせまければ、敵襲を受けても防御しやすいはずであった。

二匹の仔狼《こおおかみ》とともに、イスファーンが腰をおろしてひと息ついていると、トゥースが歩み寄ってきた。

「イスファーン卿、おぬし、モルタザ峠であの鳥面人妖《ガブル・ネリーシャ》の嘴《くちばし》を一刀に斬り落としたのだったな」

「さよう、いささかむごいことをしたような気もいたしております」

「いや、同情する必要はない。というのもな、まあ見ていただこう」

トゥースの表情を見て、イスファーンは質問をのみこみ、彼のあとにしたがった。二頭の鳥面人妖《ガブル・ネリーシャ》を閉じこめた檻車《かんしゃ》の前に、クバード、メルレイン、ジャスワントの三人が立っている。イスファーンの姿を見たクバードが声をかけてきた。

「おぬしが嘴を斬り落としたのは、どちらの怪物だ、イスファーン卿」

「これは……」

イスファーンは目をみはる。二頭の怪物は、ともに、無傷の嘴をそなえており、血走った両眼で人間どもをにらんでいるではないか。

「どうやら斬り落としたものが、いつのまにか再生したようだ。我らが相手にしているのは人ではない。そのことを、どうも胆に銘じておいたほうがよさそうだな」

いうと同時に、クバードは上半身をそらした。胸甲をかすめ去ったのは鳥面人妖《ガブル・ネリーシャ》の鉤爪だ。怪物は檻の床を蹴って鉄格子に飛びつき、腕を伸ばして鉤爪でクバードを切り裂こうとしたのである。

「このとおり、油断も隙も……」

苦笑しかけたクバードの語尾が、異様な音響にかき消された。足もとに不吉な震動が伝わってくる。

地震か、と思ったがそうではなかった。トゥースの三人の妻たちが駆けつけてきた。

「トゥースさま、皆さまがた、大きな岩が墜ちてきて、入口をふさいでしまいました。気の毒に、歩哨が二名、岩の下敷きになって、助けようがございません」

三人姉妹の長女パトナの報告に、クバード以下の五将は鋭く視線をかわしあった。入口のようすを見るため、メルレインとジャスワントが走り出す。残ったトゥースと三人の妻、イスファーンと二匹の仔狼を、焚火のあかりに見わたしながら、クバードは低く笑った。

「できすぎた状況だ。どうやらまんまと何者かの罠にはまったようだな」

二千人のパルス軍将兵は、こうしてデマヴァント山の巨大な鍾乳洞の内部に閉じこめられてしまったのであった。パルス暦三二五年六月。「平穏な夏」がまさに終わろうとしている。

解説

木下《きのした》昌輝《まさき》
（作家）

『アルスラーン戦記』の魅力のひとつは、ふたつある。

　この言葉は矛盾していない。

　ふたつの全く味わいの違うエンターテイメントが、ひとつの物語に内包されているからだ。

　だからこそ〝魅力のひとつは、ふたつある〟と表現したのだ。決して、私の日本語力があれなのではない。もし、この解説の文にそういう部分が散見されれば、それは単にまだ三冊しか出版していない経験不足と、解説にいたっては執筆デビューゆえの緊張からくるもので、決して私の文章があれだからではない。

　本題に戻る。

　では〝ふたつの味わい〟とは何か。

劇である。

ひとつは、大陸公路を扼《やく》するパルスとその周辺諸国ルシタニア、トゥーラン、チュルク、シンドゥラ、ミスルら列強との軍略政略謀略の限りを尽くした、『三国志』のような群雄劇である。

そして、もうひとつは蛇王《へびおう》ザッハークの復活と、それを阻《はば》もうとするアルスラーン一行の奮闘という『指輪物語』のような一大ファンタジーである。ちなみに私は『指輪物語』は読んだことも映画を見たこともないけど、多分そんな感じなはずだ。

パソコンゲームでいえば、『信長の野望』と『ドラゴンクエスト』を同時にプレイできるといったところだろうか。相容《あいい》れないと思っていた、ふたつのエンターテイメントを一作の中で見事に融合させているのだ。

思えば、『アルスラーン戦記』を読んだのは少年時代だった。

一読した感想は、単に「すっげぇええ、面白ぇえっ！」という底の浅い叫びだけだった。

私は若かった。恥ずかしい。

が、小説で生計をたてるようになった今は違う。この機会に再読してみると、異種のふたつのエンターテイメントを融合させるため、田中芳樹先生の戦略や構成の見事さに脱帽したのだ。

つまりわかり易く表現すると、「すっげぇえぇ、面白ぇえっ！」と驚愕したのだ。

ほんの少しだけ成長したのが、わかっていただけるだろうか。

物語のスタート時の魅力は、圧倒的に『信長の野望』的な群雄割拠の戦国絵巻が占めている。非力なアルスラーンが、いかにして信頼に足る仲間たちを集め、狡猾《こうかつ》で残虐なルシタニアの侵略者を追い払うか。物語は、そこに焦点があてられている。

その点では、最初は蛇王ザッハークを軸とする『ドラゴンクエスト』的な要素は、あくまでおまけだ。料理でいえば、さらさらとふりかけられたトッピングとでも言うべきか。

だが、二巻、三巻と読み進めるうちに、ごく控え目にふりかけられたトッピングであったはずの『ドラゴンクエスト』的エンターテイメントが、どんどんと存在感を増すことに気づく。その間、『信長の野望』的エンターテイメントも、右肩上がりに興奮度を上げているのは言うまでもない。

そして一部が終わり二部が始まる頃には、序盤にふりかけられていたトッピングが、実は極上のトリュフだったとわかる。しかも、その最高食材を、チュルクの山々に降り積もる雪のように、田中芳樹先生が惜しげもなく一巻から注ぎ続けていたことに愕然とするはずだ。

そう、いよいよ『ドラゴンクエスト』的ファンタジー叙事詩が本格的に幕を開けるのだ。では、第二部からは、隣国のルシタニア、トゥーラン、チュルク、シンドゥラ、ミスルの軍略政略謀略の血劇が下火になるかというと、そうではない。

銀仮面ヒルメスはチュルク、トゥーラン、シンドゥラ、ミスルと血塗られた軍旅を続け、愛すべき俗物王ラジェンドラ二世はそんなヒルメスやチュルク国の残酷王カルハナの野望を、敢然と迎え討つ（無論のこと大親友と詐称するアルスラーンの力を借りて）。

侵略者ギスカールは、マルヤム国で不死鳥のごとく蘇《よみがえ》り、大軍師ナルサスの幼馴染《おさななじみ》は、砂漠の国ミスルでさえ吸いきれぬ毒々しい復讐心を垂れ流す。

第一部の群雄活劇よりも、より広大な世界を巻き込んで物語が展開するのだ。興奮しないわけがない。そうなりつつも、パルス国にいるアルスラーンという中心軸が、微塵《みじん》もぶれることがない。

もつれそうな物語の糸を整え、見事な刺繡《ししゅう》へと織り上げているのが、アルスラーンとパルス王家の出生の秘密で、これなども物語一巻からしっかりと伏線を張っているのだから、見事としか言いようがない。

音楽でいえば、オーケストラのチェロと雅楽の笙《しょう》とモンゴルの馬頭琴《ばとうきん》とテルミンと口笛が〝浪速《なにわ》のモーツァルト〟キダ・タローの指揮のもとに、見事にベートーベンの交響曲第五番『運命』を奏でるかのようなものだろう。つまり、何が言いたいかというと、田中芳樹先生の物語力は神業《かみわざ》だということだ。下手な比喩で申し訳ない（無論、わざと下手な比喩を使い、先生の文章力の偉大さを引き立てる作戦なのは言うまでもない）。

そして十巻『妖雲群行《ようウんぐんこう》』の見所を語ろう。それまで、トッピングであった『ドラゴンクエスト』的エンターテイメントが、主題として鎌首をもたげるところである。ファンタジー路線を待っていた読み手にとっては、膝を打って喜びたい展開だ。が、あくまでこの巻は起承転結でいえば〝承〟にすぎないことが、十一巻、十二巻と読み進めればわかるだろう。

十一巻を読んだ人は、再び十巻を開いて刮目《かつもく》するはずだ。特に最後のページ。

パルス暦三二五年六月。「平穏な夏」がまさに終わろうとしている。

この十巻の最後の二文は終章の言葉ではなく、〝転〟に足を踏み入れたことを示す始章の二文であることを知るだろう。

だが、『信長の野望』的エンターテイメントをどっぷり楽しんでいた読み手は、ある不安を覚えるはずだ。蛇王ザッハークの復活が近づけば、パルスや隣国の血湧き肉躍る群雄活劇も、さすがに翳《かげ》りが見えてくるのでは、と。さながら、日蝕で、太陽が月に侵されるように。

あの愛《いと》しき俗物王ラジェンドラ二世、銀仮面ヒルメス、残酷王カルハナらのダークヒーローが、脇役以下のエキストラに追いやられてしまうのではないか。

実は、私もそれを危惧《きぐ》していたひとりだ。十一巻以降を読むのに、抵抗もあった。一言でいえば、杞憂《きゆう》である。いや、裏切られたという意味では正しかった。

ただし、いい意味で裏切られた、ということだ。半年前に私をふった恋人のように、決して悪い意味ではない。

『信長の野望』的なエンターテイメントと『ドラゴンクエスト』的なエンターテイメント、このふたつの色の糸があわさり、全く違う色の生地になる瞬間が十一巻以降だからだ。次元の違うふたつの楽しみは、どちらも害されることなく、ひとつの巨大な織物になる。

十巻の解説で詳細を明かすのは興ざめなので、十一巻のタイトルの『魔軍襲来《まぐんしゅうらい》』で全てを理解してほしい。

ナルサスの軍略に、チュルク、シンドゥラ、魔軍が翻弄《ほんろう》さ……、いや、これ以上は書いてはいけない。しかも、ただ翻弄されるだけではなく、色々とあんなこんながあるなどとは、絶対に書いてはいけない。

もちろん、そこにあんな人やこんな人の、そんな悲喜劇愛憎劇が絡《から》むなんて、匂わせてもいけない。こうやって読者をじらすのは、本意ではない。とても心苦しい。否、もっと苦しめばいいのだ。少なくとも、カッパ・ノベルス版で十四巻まで読んだ私は、今とても優越感に浸っている。ざまあ、みろ。


モーツァルトは、左右別々の手で違う曲を奏でたというが、さながら田中芳樹先生は右手でグランドピアノ（『信長の野望』）、左手でテルミン（『ドラゴンクエスト』）を奏でるという超人技を披露しているのだ。口にはハーモニカ（アルスラーンとパルス王家の出生の秘密）もある。凡人は、このみっつにしてひとつという物語を、ただただ素直に愚直に楽しむのみだ。

ここで、私の解説を終了したい。

ただし、解説の第一部が、だ。

『アルスラーン戦記』に一部と二部があるように、この解説もしかりである。

さて、読者の皆さん、ここから解説の第二部に移りたい。

今までは、料理でいえばメインディッシュの前の前菜、いやフルコースの前のお手拭き程度のものだ。

ここから本題ともいうべき、『アルスラーン戦記の脇役学』を、大学の講義風に紹介していく。ちなみに、「脇役学」は、「脇役楽」と表記してもらっても構わない。

が、どうしたことだろうか。

もう解説の枚数が尽きかけているではないか。

解説に十分な紙数を用意しなかった光文社の判断ミスか、あるいは万にひとつもないことながら、単に私の計算ミスかのどちらかだ。

あえて、非はどちらにあるかは言及しない。

また、蛇足《だそく》ながら、解説第二部を次巻以降で受注するための姑息《こそく》な謀略でもない（なぜなら、それは〝姑息な謀略〟ではなく〝健全な営業戦略〟だからだ）。

とにかく、この程度の紙数では『アルスラーン戦記』の魅力は解説し尽くすことができない。このことだけは、読者の皆様にも理解していただけたと思う。

非力微才の私の解説デビューとしては、上出来な結果ではなかろうか。

●一九九九年十二月　角川文庫刊
●二〇〇四年二月　カッパ・ノベルス刊（第九巻『旌旗流転』との合本）

光文社文庫

妖《よう》雲《うん》群《ぐん》行《こう》 アルスラーン戦記《せんき》⑩
著 者 田《た》中《なか》芳《よし》樹《き》

2016年5月20日 初版1刷発行
2016年6月5日 2刷発行

発行者 鈴木広和
印 刷 豊国印刷
製 本 ナショナル製本

発行所 株式会社 光文社
〒112-8011 東京都文京区音羽1-16-6
電話 (03)5395-8149 編集部
8116 書籍販売部
8125 業務部

ISBN978-4-334-77293-2 Printed in Japan

組版 豊国印刷

お願い　光文社文庫をお読みになって、いかがでございましたか。「読後の感想」を編集部あてに、ぜひお送りください。

このほか光文社文庫では、どんな本をお読みになりましたか。これから、どういう本をご希望ですか。

どの本も、誤植がないようつとめていますが、もしお気づきの点がございましたら、お教えください。ご職業、ご年齢などもお書きそえいただければ幸いです。当社の規定により本来の目的以外に使用せず、大切に扱わせていただきます。

光文社文庫編集部